ダッシュエックス文庫

召喚されすぎた最強勇者の再召喚(リユニオン)2

菊池九五

プロローグ　魂の在処

「――目には、その人の魂が宿っていると思うの」

それはかつての記憶。

ミツネの心の奥にしまわれた、大切な妹の言葉。


まだ夏の暑さが残っている、昼下がりの縁側。

ミツネが風鈴の音を聞きながら氷菓子を食べて涼んでいると、隣に座っていた妹のマツリがいきなりそんなことを呟いた。

ぼーっと庭を見ていたミツネは、その言葉に隣へ視線を向ける。

ふわふわした栗色の髪。ミツネの燃えるような真紅色をした瞳とは対照的な、涼しげで透き通るような蒼色の瞳。このうだるような暑さの中で、ぴしっと姿勢を正して座っているあたり、残暑でバテている姉とは優等生度が違う。

いつもと変わらないきっちりした雰囲気のマツリに、ミツネは首を傾げる。

「……ふーん？　見た感じ暑さでおかしくなったわけではないみたいだけど」

「ちょっと姉さん？　自分の妹をいきなり頭がやられちゃった可哀想な生き物扱いしないでくれません？」

「自分の妹がいきなり魂やら何やら語り出したら、そんな心配もするわよ。この暑さだし」

ミツネはヒラヒラとアイスキャンディーを振って、妹の抗議をいなす。

「それで、さっきのはどういうこと？」

「ん？」

「目に魂が宿ってるって話。普通魂が宿ってるところって、胸とか頭だって考えるのが一般的じゃない？　目に魂があるって説は聞いたことないわ」

ミツネが改めて尋ねると、マツリは「うーん」と考える素振りを見せて、その視線を空へと向けた。それから自分の考えを纏めるように、ぽつぽつと語り出す。

「何て言うのかな。ほら、他人の人柄の善し悪しを判断する時によく言うでしょ？　『目を見ればわかる』とか『いい目をしている』とか」

「確かに言うわね」

「その他にも怒ってることを隠そうとしても『目が笑ってない』って言うし、嬉しい時や悲しい時は目から涙が流れるよね」

特に『いい目をしている』なんて台詞は、人生の先達的なポジションの者が言うと貫禄が増すような気がする。

「それはつまり人の心を映すもの――魂が目に宿ってるからなんじゃないかなって思ったの」

そう言って、マツリはどこか嬉しそうに笑った。

「そう考えると、ちょっとロマンチックじゃない？」

「え？」

「だって魂が目に宿ってるなら、好きな人同士が見つめ合うのは、お互いの魂を見つめ合ってるってことでしょ。ほら、ロマンチック」

「……」

マツリはこういう子だ。

自由に生きていると言われるミツネと違って、しっかり者の優等生的な雰囲気を纏っている……かと思えば、いきなりふわふわと詩的なことを言い出す文学少女的な側面もあるのだ。

長年一緒にいる姉としても、その唐突な発言には反応に困る。

「だから姉さんが気にかけてる『彼』もね、いい子なんだと思うよ。だって目がとっても綺麗だもの」

「ちょっと、誰が秋人のことを気にかけてるっていうのよ。勝手な勘違いはよしなさい」

「あれ？　私、彼とは言ったけど、それが秋人くんのことだとは言ってないよ？」

「……っ」

「あれあれー？　それってつまり、姉さんは自分が秋人くんのことを気にかけてるって自白したようなものなんじゃ、むぐっ」

姉に対して生意気なことを言うマツリの口に、ミツネは持っていたアイスキャンディーを突っ込んだ。

「も、むっ……姉さんひどーい！　びっくりしたでしょ」

「うっさい。貴女(あなた)が変なこと言うのが悪い」

口を塞(ふさ)いでいたアイスキャンディーを取って抗議してくるマツリに、ミツネは呆(あき)れたようにため息をついた。

「じゃあ何？　姉さんは秋人くんにまったく興味ないの？　これっぽっちも？」

「ええ。あんな小生意気な男、全然興味ないわね」

「本当に？」

「…………まあ、他の人間よりは見てて面白(おもしろ)いけど」

マツリにじっと見つめられ、ミツネは誤魔化(ごまか)しきれずに本当のことを話した。

昔からそうだ。妹のあの蒼い瞳で見つめられると、ミツネは嘘(うそ)がつけなくなる。

「ふふ。やっぱりね」

ミツネがあの別の世界から来たという少年に興味があるのがそんなに喜ばしいことなのか、マツリはころころと嬉しそうに笑った。

「まったく。これだから人間好きの変わり者は……」

たまに姉であるミツネですら、この妹が何を考えているのかわからなくなる。

自分が秋人を気にかけているから何だというのだ。それをわざわざ自白させるとは……自分なんかよりも、よっぽどマツリのほうが自由なんじゃなかろうか。

ま、だからなのだろう。

この妹が、吸血鬼のクセに人間が大好きなのは。

目に宿っているというその魂が底抜けに自由でなければ、そんな世界の構造に真っ向から挑むような趣向に至らないだろう。

優等生で、詩人で――己の魂のおもむくまま、自由に生きている。

それがマツリという、ミツネの自慢の妹なのだ。

「あ、このアイス、冷たくて美味しい」

そんな自慢の妹が、ミツネが口に突っ込んだアイスを堪能していた。

「……ちょっと。何勝手に食べてるの。それ私のよ」

「えー。姉さんがいきなり私の口に突っ込んできたんだし、少しくらいはいいでしょ」

「少しとか言いながら、もう半分くらい食べてるじゃない！　返しなさい！」

「でも私はバニラじゃなくて、チョコミントの方が好きかな」

「勝手に食べといて図々しくない!?　私はバニラの方が好きなの！」

ミツネがアイスキャンディーを取り返そうと手を伸ばし、マツリがきゃーきゃー騒ぎながらその手をかわす。

とてもじゃないが、世界最強の吸血鬼とその妹のやり取りとは思えない。

強(し)いて言うなら、ただのじゃれ合い。

どこにでもいる姉妹の何気ない日常のワンシーン。

「ちょっと姉さん！　そんなに暴れたら、溶けたアイスが落ちちゃうよ！」

「だったら素直に返しなさいよ！」

「や。だってバニラアイス美味しいもの」

「結局どっちも好きなんじゃないの！」

そんな中で、妹の蒼い瞳は本当に楽しそうに輝いていた。

この何気ないやり取りを、心から大切に思っているかのように。

それはかつての記憶。

まだ妹が隣にいた頃の――夏の匂(にお)いがする、大切な日々の欠片(かけら)。

一話　二度目の五回目

俺、岡田アキトは通算十一回もの異世界召喚を経験した。

そうして今現在。俺は様々な事情があって十一回目に再召喚されたこの『どこにでもあるフツーの異世界』に暮らしているわけなのだが……。

「アキトって、今までどんな召喚のされ方をしてきたの？」

まあそんな経験をしていたら、こういう質問の一つや二つされるってもんである。

場所は街外れの一軒家。コテージみたいな見た目をしたその家のテラスには、外の涼やかな風を感じながら食事などができる席が用意されている。

そしてそのテラス席には今、俺を含めて四人の人物が座っていた。

「召喚のされ方？」

「うん。召喚師としてそこらへんの事情は、やっぱり気になっちゃうところなんです」

四枚のカードをシャッフルしながら問い返す俺に、隣に座る少女――セリナ・フィアースはちょっと冗談めかした調子で頷いた。

I will have
my 11th reunion
with her.

よく手入れされた綺麗な銀髪に、透き通るような柔肌。魔法使いのような服を着ていて、事実彼女は召喚魔法を使う召喚師だ。

やや童顔だが可愛らしい容姿と、服の上からでもわかる抜群のプロポーション。年齢は今年で十七になる俺より二つ下……ああいや、今は同い年だったか。

そして何より重要なのは――セリナは俺の恋人だ。

俺たちが恋仲になった経緯はというと、それはそれは情熱的かつ運命的で、それこそ文字通り世界をまたにかける物語があったりするのだが、そのすべてを語ってしまうと文庫本換算で一冊分もの長さになってしまうため今は割愛する。

「ま、セリナに聞かれたら教えるしかねーな。うんうん、大好きな恋人の頼みだからな！」

「秋人。そういう惚気はいいから、さっさとカードを配りなさい」

カードを配る手を止めていた俺に、向かいの席にいる少女――ミツネがため息をついた。

艶やかな黒髪。身に纏っているのは少しゴスロリデザインが混じったハイカラな着物。

そして俺に向けられた呆れ混じりの半目は、血を連想させる紅色だ。

ミツネはかつて別の世界で《世界最強の吸血鬼》と恐れられた魔族だ。今は訳あって俺とセリナ、そしてミツネの三人で一緒に暮らしている。

「あ、アキト……みんなの前でそれはちょっと、は、恥ずかしいというか……っ」

顔を真っ赤にしたセリナにたしなめられたんで、ともかく問われたことに答える。

「んー。今までの召喚のされ方か……やっぱオーソドックスなのは召喚魔法だなぁ。それでもいろいろなパターンがあるけど」

俺は過去の異世界召喚の記憶を思い返す。

「セリナの時は魔法陣が足下に現れるって感じだったし。他にも目の前の空間が突然歪(ゆが)み始めるとか、あと家のベッドで寝てたはずなのに目が覚めたらいきなり異世界ってこともあった」

「ほう。それはなかなかにバリエーション豊かだな」

今までの経験を語る俺に、テーブルを挟(はさ)んで斜(なな)め前に座る美女——シルヴィア・ユニーテルが興味深そうに頷いた。

金髪のロングを後ろで一つに纏め、動きやすそうな軽装の剣士みたいな服を着ている。

女性にしては長身で手足がすらっとしているため、一見するとモデルのような美人だが、シルヴィアの職業はモデルではなくこの世界の勇者である。

そして俺の弟子(でし)である……いやホントに。

「他には……そうだなぁ。八回目は大分変わった召喚のされ方だったかな」

「八回目？」

「ああ。元の世界でさ、トラックに轢(ひ)かれそうな子供を無傷で助けたんだけど。そしたらいきなり白い空間に連れてかれて、そこにいた導き役っぽい女神に『……ちょっと、何無傷で助けちゃってるのよ。貴方(あなた)はあそこで子供を助けるかわりにトラックに轢かれて死んで、それから異世界に赤ん坊として転生する予定だったのに』って怒られた」

「そ、それはいくら何でも理不尽じゃないかな……？」

「ホントな。それから『あー、もういいわ。生きた人間を転生させるのって凄く面倒だから、召喚ってことでそのまま行ってちょうだい』って言われて異世界に放り出された」

「あ、あはは……大変だったんだね」

当時の俺の苦労を察したらしく、セリナが苦笑いを浮かべた。

ホント大変だった。その世界で召喚目的を達成し、いざ元の世界に帰るってなった時も「あれ、もう終わったの？　意外と早かったわね。それじゃおつかれー」っつってスーパー適当な感じで送還しやがったし。

あの女神だけはマジ許さん。もし今度顔を合わせる機会があったら絶対泣かす。

「はいはい。秋人の思い出話はそのへんにして、配られたカードを取りなさい」

ミツネがぱんぱんと手を叩いて、場を仕切った。

俺たち四人は裏返しに配られたカードを手元に引き寄せる。

だがまだ裏返さない。カードの中身を見るのは合図の後だ。

ごくり、と緊張からその場にいる全員がノドを鳴らし——

「「「「——魔王さま、だーれだ！」」」」

ぱっ、と一斉にカードをめくる。

俺のカードに書かれているのは——数字の三！

「む。私が魔王だな」

と、シルヴィアが俺たちにカードの絵柄を見せる。

そこに記されているのは黒い王冠のマーク。紛うことなく魔王の証だ。

するとシルヴィアがにやりと不敵な笑みを浮かべた。

「ふふふ。私の命令は一筋縄ではいかないぞ。何せ私ほど魔王に相応しい者はいない。いわば魔王の中の魔王だからな！」

「勇者なのに？」

魔王さまになってノリノリなシルヴィアに、俺は思わず口を挟んでしまった。

自称魔王の中の魔王である女勇者は、一度もったいぶるように息を吸い、

「——一番と二番が十秒間、恋人繋ぎをする」

「あ、私が一番だ」

「二番は私よ」

「ふむ。セリナとミツネだったか」

セリナとミツネが一番と二番のカードを見せながら手を挙げると、シルヴィアは何故か口惜

しそうに呟いた。

「……むぅ」

「あはは、ちょっと照れるね」

命じられた通りテーブル上で恋人繋ぎをする二人。するとミツネは少し苛立ったように口を尖らせ、セリナが照れ臭いのを誤魔化すように笑った。

説明しよう。俺たちが現在プレイ中の『魔王さまゲーム』とは、魔王さまになった者が番号を指名して命令ができるという、現実世界でいう王様ゲームと同じルールの遊びだ。

何故こんな合コン中にテンションが上がった大学生たちくらいしかやらないようなゲームを、俺たちは昼間からたった四人でやっているのか。

……実のところ、その理由は俺にもよくわかっていないのだった。


事の始まりは今日の昼前。ミツネがいきなり雑貨屋で買ってきた専用カードを見せびらかしながら『魔王さまゲームをやるわよ！』と強引に話を進めたのである。

まあそれだけだったら、いつもの日常の範疇。しかしいつもと事情が異なったのは、本来ならそういう遊びには乗ってこないセリナが、今日に限ってすんなり承諾したことだ。

さらに偶然その場に居合わせたシルヴィアもメンバーに加え、こうして今に至る。

「（ちょっと！　全然うまくいかないじゃない！）」

と、ミツネがセリナとシルヴィアに顔を寄せながら、ひそひそと何かを話していた。

小声なので微妙に聞き取れない。女子特有の内緒話か？

「（せっかく魔王さまゲームにかこつけてセリナと秋人をイチャイチャさせようとしてあげてるのに、どうしてあの朴念仁はこっちが意図した番号を引かないの!?）」

「（ああ。我が師匠ながら、これはなかなか手強いな）」

「（あの……ミツネ？　シルヴィア？　あのね、やっぱりこういうやり方はアキトを騙してるみたいで、その、気が引けるというか……）」

「（何を弱気なこと言ってるの、セリナから相談してきたんでしょ！『アキトを再召喚して恋人同士になったはいいけど、いつもとあんまり関係が変わってない気がする。もっとイチャイチャしたい』って！）」

「（い、イチャイチャしたいとまでは言ってないと思うよ……？）」

「（む？　ではセリナはアキトとイチャイチャしたくないのか？）」

「（……………したいです）」

「（任せなさい！　こうなったら意地でもイチャイチャさせてあげるわ！　恋人っていう関係になっただけで満足してるあのボンクラに思い知らせてあげるんだから！）」

どうやら内緒話は終わったらしい。顔を寄せ合っていた三人が元の姿勢に戻った。

「さあ秋人、早くカードを配りなさい！」

「まだ続けるのか？　三人とも、やけにやる気に満ちてっけど」

「当然！」

　ミツネに指示されて、俺はカードをシャッフルした。

　それから全員の前に配り直すと、カード確認の合図をみんなで一斉に言う。

「「「魔王さま、だーれだ！」」」

「あっ。やっと私の番ね！」

　どうやら次の魔王さまはミツネのようだ。

　俺の番号は一。果たしてミツネはどんな命令をしてくるのか——

「三十秒間、セリナが秋人の膝にお姫様抱っこ座りする」

「名指し!?」

　ルール上、問題あるんじゃないか今の！

「何驚いてるのよ、秋人」

「や、だって魔王さまは番号で命令出すのがルールなんじゃ……」

「どんなことがあっても魔王さまの命令は絶対。それがこの魔王さまゲームよ」

　ミツネが悪びれることなく堂々と言ってのける。

「いやでも、それでセリナは納得するのか」

　こんなルール無視を彼女は許すのか。そう思って俺は隣に視線を向けたのだが、

「………」

そこにはイスから立ち上がり、頬を赤らめながらも何かを期待するようにそわそわしているセリナがいた。しかも、しきりに前髪を整えたり服の乱れをチェックしたりと、やたら身嗜みを気にしている。

あ、これすでにスタンバイ済みのやつだ。

……ここで断るのも流れ的にあれだよな。

「じゃあ、どうぞ」

「よ、よろしくお願いします」

ちょっと緊張した面持ちで、セリナがちょこんと俺の膝に座った。

ふわりとした石けんの匂い。さらに心地よい重さと柔らかさを膝に感じる。しかも後ろ向きではなく横向きに座っているのでセリナの顔が見え、その距離の近さを意識してしまう。

こ、これがお姫様抱っこ座り……！

予想以上の破壊力だ……今まで何度か抱き締めたり抱き締められたりしたことはあったが、こういう日常的な恋人っぽい触れ合いはこそばゆさが半端ない……っ！

だがここで取り乱したりなんかしたら俺の威厳に関わる。

落ち着け俺。動揺を悟られないように冷静さを保つんだ。

「だ、大丈夫アキト？　重くない？」

「ああ大丈夫大丈夫。めっちゃ軽いし、めっちゃいい匂いするし、めっちゃ柔らかいし。照れてるセリナの顔が目と鼻の先にあってめっちゃドキドキするけど全然大丈夫」

「あらあら、何よ秋人。ガラにもなくめっちゃ動揺してるじゃない」

「何故速攻でバレた⁉」

ミツネがニヤニヤするのはまだいい。だがシルヴィアまでもが何か微笑ましいものを見守るかのような目で俺とセリナを見てきやがる！

「ご、ご馳走様でした……っ」

ちょうどそこで三十秒が経ったのか、セリナが変なことを口走りながら俺の膝から下りて、自分の席に戻った。

何か無駄に辱めを受けた気がするが……気を取り直して、俺は次のゲームのために素早くカードを配る。

「「「「魔王さま、だーれだ！」」」」

「わ、私だっ」

セリナが驚いたように、それでいてちょっと期待したように名乗りを上げた。

「（これはチャンスだぞ、セリナ）」

「（ええ、心の赴くままに命令しなさい！　具体的にはほっぺにちゅーよ、ちゅー！）」

「（ちゅ、ちゅー⁉）」

何やらミツネとシルヴィアがヒソヒソと声援を送ると、セリナが驚きの表情を浮かべた。

「ほっぺにちゅー、ほっぺにちゅー……『魔王さまにキス』って命令すればアキトが私に……ちょっと恥ずかしいけど、でも——えへへ」

と、セリナが譫言のように呟き続けたかと思うと、突然幸せそうににやけ出した。

「セリナ？　大丈夫か」

「——え？　あっ、うん！　大丈夫！　毎日お風呂入ってるし、ほっぺも綺麗だから！」

「いや日々の洗顔状況を聞いてるわけじゃなくてね？」

「あっ……ご、ごめんっ、何でもない！」

顔を真っ赤にしたセリナが、何かを決意したようにむっと顔に力を入れた。

「ほ……ほ、ほほっぺ、に……っ！」

セリナが手を力一杯グーにしながら、いっぱいいっぱいといった様子で命令を口にしようとする。そんな彼女をミツネとシルヴィアは固唾を呑んで見守っていた。

「——ほ、ほほ他にはどんな召喚のされ方があったの!?」

セリナが絞り出した台詞を聞き、ミツネとシルヴィアが一気に脱力した。

「ん？　それに答えるのが命令？」

「うん！　どうしても気になっちゃって！」

セリナがやけに力強く頷いた。まるで何かを誤魔化すように。

ちょっとした余談だが、俺を召喚するためにかなり修行を積んだセリナは、世界に並び立つ者がいないほどの凄腕召喚師となっている……らしい。

聞くところによるとその実力は、世界最強クラスのミツネやシルヴィアと同格にまでなってるのだとか。見習いだった頃を知っている身としては、彼女の成長は素直に感慨深い。

「ははは。さすが凄腕召喚師。魔王さまゲームの命令権を使ってまで、他の世界の召喚技術を知りたがるなんて、随分と勉強熱心なんだな」

「う、うん！　探求心がうずいちゃって！　あ、あはは…………はあ」

俺が素直に感心すると、セリナは乾いた笑いを漏らした後、盛大にため息をついた。

「……ま、セリナにしては頑張ったほうね」

「……ああ。残念ではあるが、急くばかりでは何事もうまくいかないからな」

何故か知らんが、ミツネとシルヴィアも気の抜けた笑顔を浮かべている。

？　よくわからんが、とりあえず召喚方法について語ってもいいのか？

「他の召喚のされ方ねぇ……あー、そう言えば一つ印象的なのがあったな」

「印象的なの？」

「ああ。どこの世界の時かは忘れたけど、かなりショッキングなのがあった」

そう言って、俺は続ける。

「自分の近くにいきなり大きめの扉が現れてさ。その扉が開いたかと思ったら、中から無数の白い帯がドバッと飛び出してきて、物凄い勢いで俺に絡みついてきたんだよ。そんで身動きができないまま、真っ暗闇が広がる扉の中に引きずり込まれた」

「そ、それは召喚というより、ただの怖い話なんじゃ……」

「ええ。そこらの下手な怪談よりもホラーじゃない、それ……」

「うむ……もし私が他の世界に勇者として召喚されるようなことがあっても、できればその召喚のされ方は遠慮したいものだな」

俺が語った体験談にセリナ、ミツネ、シルヴィアの三人がさーっと青ざめた。

確かにあの召喚はかなりの恐怖体験だったと思う。みんながビビるのも無理はない。

「それで、扉の中に引きずり込まれた後は？　ちゃんと別の世界に行けた？」

「ああ、そこらへんは大丈夫。扉の向こうはちゃんと異世界だったよ。まあ確かに俺も、あまりにショッキングな方法だったから、引きずり込まれた先は地獄か何かでは、と思ったけど」

「それってどんな扉だったの？」

セリナが恐る恐るといった感じで続きを聞いてくる。

怖がっているものの、何だかんだで召喚師としての好奇心が勝ったらしい。

「どんなって聞かれても。んー、どう説明すれば……あっ」

ふと、俺は目に留まった『それ』に気づいて指差す。

「それだよそれ、今ミツネの後ろにあるその扉。ちょうどそれにそっくりだった」

ビクゥッ！　と三人が怯えるように震えた。

「そ、そういうベタな驚かし方はやめなさいよ！　そんなの私は引っかからないからね！」

ミツネが引き攣った顔で声を荒らげた。どうも俺の発言を怖い話のオチだと思ったらしい。

「や、驚かしたわけじゃなくてマジで後ろに……」

「だから引っかからないってば！　しつこいわよ！」

「み、ミツネ！　ミツネ……っ！」

「？　どうしたのセリナ。そんな切羽詰まった顔で――」

「ほ、ほほ本当にあるの！　扉が！　いつの間にか……ッ！」

「――え？」

「なんと」

俺の隣で一緒に『それ』を見ていたセリナの必死な訴えに、ミツネとシルヴィアが同時に振り返る。そして二人もしっかり『それ』を目視した。

本来ならばこのテラスにあるはずのない――豪奢な装飾が施された、木造の扉を。

「「「…………」」」

突如として現れた謎の扉に、俺たちが反応に困って押し黙っていると、バガンッ！　と勢いよく扉が開き、白い帯が大量に吹き出してきた。

そしてその無数の帯は、なんとミツネに絡みついた。

「きゃーっ！　ちょ、何よこれ!?」

白い帯に襲われたミツネが可愛らしい悲鳴を上げた。

「くっ、この……！」

さすが世界最強と謳われていた吸血鬼。全身に帯が巻きついているにも拘わらず、そう簡単に扉の中に引きずり込まれることもなく、その場で踏ん張っていた。

「や、止めて。放しなさいってば……あ、ダメっ。ちょっとそこは……きゃん！」

しかしそのせいか、ミツネに巻きついた帯はただならぬところに食い込んだりしていた。

そんなグッジョブな絵面を生んだ帯を観察しながら、扉が開いた時点でイスから立ち上がって身構えていた俺は「はて？」と首を傾げる。

「……んー？　もしかして今回召喚されそうになってるのって、ミツネだったりする？」

白い帯に巻きつかれているミツネに歩み寄り、まじまじと観察してみる。もう手が届く範囲にいるというのに、帯は俺には反応しなかった。

そこから導き出される答えは一つ。

今回どこかの世界に喚ばれているのは、俺ではなくミツネだということだ。

「何だ。変な扉が現れた時は、てっきりまたどっかに連れてかれると思って冷や冷やしてたけ

ど……どうも今回召喚されるのは俺じゃなかったみたいだな。ふー、よかったよかった」

「何もよくないわよ！　今この瞬間、連れていかれそうな私が目の前にいるのに他人事みたいに安堵しないでくれる!?」

　召喚のターゲットが自分じゃないとわかって胸を撫で下ろす俺に、ミツネが声を荒らげた。

「つーか召喚に対して抵抗するって、凄いななお前。普通なら一瞬で連れていかれそうなもんなのに。うんうん。さすが最強の吸血鬼」

「感心してる場合じゃないわよ！　貴方これに一回遭遇したんでしょ！　逃れる方法とか知らないの!?」

「それがさっぱり。さっきも言ったけど、お前と違って当時の俺はろくに抵抗できず引きずり込まれたわけだし」

「じゃ、じゃあせめて連れていかれる先がどんな世界か教えなさい！　心の準備するから！」

「あー、どこだったかなー？　んー、ここまで出てるんだけどなー？」

「貴方、他人事だと思ってのんびりしてない!?　もうちょっと親身になりなさいよ！」

「まあそうビビるなよ。確かに初めての召喚で緊張するかもしれないけど、何度も経験すればそのうち自然体で挑めるようになるから。要は慣れだよ慣れ」

「異世界召喚に慣れるのなんて貴方くらいしかいないわよっ……って、きゃ！」

　その時だ。帯の引っ張る力が強くなったのか、ミツネがバランスを崩した。もう扉の中へと引きずり込まれるのも時間の問題かもしれない。

「くっ……こうなったら！」

ミツネの表情が何か覚悟を決めたように険しくなる。

それから彼女は、がしっ！　と力強くしがみついた。

——俺の腰に。

「……へ？　ちょっと、何してんの？」

「…………」

腰に抱きつくようにしがみついてきたミツネは俺の質問には答えず、ぎゅっと無言でその腕に力をこめた。まるで死んでも放さないとでもいうかのように。

「ねえ、ミツネさん!?　このままだと俺も一緒に引きずり込まれるんだけど!?」

「…………だ」

「だ？」

「……だって！　あんなのに引きずり込まれるなんて初めてなんだもの！　バカ！　鈍感っ！

一緒に来てよ！　どうせ秋人は異世界召喚に慣れてるんでしょ!?」

ミツネがちょっと涙目になりながら逆ギレしてきた。

「あっ、こいつ一人じゃ怖いからって道連れにしようとしてやがる!?」

「ええそうよ！　怖いわよ！　ほら正直に言ったんだからついてきなさいよね！」

「何子供みたいに開き直ってんの⁉　はーなーせーよー、この妖怪道連れ吸血鬼‼　ここで別世界に行ったら、またセリナと離れ離れになっちゃうだろ！」

「嫌よ！　絶対放さないいんだから！」

「くっ、あくまで俺とセリナのイチャラブ生活を邪魔する気か……げっ⁉」

瞬間。ミツネを引っ張る帯の力が増したのか、彼女にしがみつかれている俺も一緒にずずっと扉へと引き寄せられる。

やば……もう踏ん張りがきかない！

「あ、アキト⁉　ミツネ⁉」

セリナが引きずり込まれそうになってる俺たちを止めようと、俺の腕にしがみついてくる。

「むっ。これはまずいな」

さらにシルヴィアがセリナの腕を掴（つか）む。

……が、それでも俺たちを引っ張る帯の凄（すさ）まじい力には敵（かな）わなかった。

「うおぉっ⁉」

「いやぁぁ！」

「きゃぁぁ！」

「おぅ？」

芋（いも）づる式に引き寄せられる俺とミツネ、セリナ、シルヴィアの四人。

そのまま俺たちは白い帯によって、暗闇が広がる扉の中に引きずり込まれ――

バタンッ、と扉が閉まる音を聞いた。


意識を取り戻した瞬間――夏の匂いを感じた。

いつだったか、同じ感想を抱いたような気がする。

目を開けると、木製の床にうつ伏せで倒れていた。

「……あー、体に異常はないな」

起き上がってから、真っ先に自分の身に怪我や感覚の異常がないかを確認する。

それから立ち上がって、今自分がいる場所を確認する。こうやって早めに現状確認しようとするのは、何度も異世界召喚された経験からくる習慣みたいなものだ。

俺は今、木造の建物の上にいるらしい。広さはバスケットコートよりちょい広めくらい。屋根や壁の類はなく吹きさらし。今はぼんやりと霞がかかっていて、周囲の景色がよく見えないが……どうもやや高い建物のようだ。

もしやここは展望台か？

ああいや。これは展望台というよりも、何かの儀式場っぽい気がする。ほらあれだ。神社などで巫女さんとかが舞を披露する神楽殿めいた感じが――。

「ん？」

周囲の状況を観察しているうちに、小さな引っかかりを覚える。

否。これは引っかかりというより――懐かしさ、か？

「……ぁ」

「？」

背後から聞こえてきた小さなうめき声に、そうした考え事は中断させられた。

振り返ると、そこにはセリナとミツネ、シルヴィアが倒れていた。

「っ、おい。大丈夫か？」

俺は慌ててセリナに駆け寄って、しゃがみ込む。

目立った外傷は見当たらない。その胸が規則的に上下しておりちゃんと息もしている。

どうやらただ意識を失っているだけのようだ。

俺はほっと安堵し――ふと、無意識に視線を奪われる。

呼吸があるかを確認するために見た、セリナの柔らかそうでたわわな二つの膨らみに。

……。

…………。

「……はっ!?　もしやこれはチャンスでは!?」

「何のチャンスだっていうのよ」

横合いから冷めた声。

顔を上げると、そこには冷ややかな目でこちらを見下ろしているミツネが立っていた。

「おうミツネ、目が覚めたか。特に怪我もないみたいで安心したぜ」

「それはどうも。どっかのおバカが火事場スケベしそうな気配があったからね。おちおち寝てもいられないわ」

「そんなけしからん奴(やつ)がいたのか。許せんな……ところでミツネ。お前、今から俺がすること見逃す気ある？」

「いやそこはきっちり諦(あきら)めなさいよ……」

ミツネが心底(しんそこ)呆れたようにため息をついた。

「――あ……アキト？」

その時だ。セリナの目がゆっくりと開き、意識を取り戻した。千載一遇(せんざいいちぐう)のチャンスが……。

「……むっ。気絶していたようだな」

それに続いて、シルヴィアも軽く頭を振りながら起き上がる。

「ここは？」

セリナが起き上がり、きょろきょろと周囲を見回す。

「見たことない場所だね」

「ふむ。これはほぼ間違いなく別の世界に来てしまっているようだな」

「やっぱり……ちゃ、ちゃんと元の世界に帰れるのかな？」

「うーん。帰れないとなると私としては非常に困るのだが……私は元の世界にいる魔王を倒す使命がある」

セリナとシルヴィアが現状について心配そうに話し合っていた。

やはり慣れ親しんだ世界から離れるというのは不安らしい。

「いやー、今まで結構な数の異世界召喚を経験してきたけど、他人の召喚に巻き込まれるってのは初めてだな。ははは、新鮮新鮮」

「さすがというか何というか、やっぱりアキトは余裕があるんだね」

感心半分呆れ半分で苦笑するセリナに、俺は肩を竦める。

「ま、慣れてるからな」

「ふふ。知らない世界に来ちゃっても、アキトと一緒ならちょっと安心かも」

さっきまで元の世界に帰れるかどうかで不安がっていたセリナの表情が幾分か和らいでいる。

どうやら俺の豊富な異世界召喚経験を頼りにしているらしい。

「秋人」

周囲の様子を注意深く観察していたミツネが、ふと何かに気づいたように声をかけてくる。

「この世界って、もしかして……？」

「あ、やっぱりお前もそう思う？　俺も薄々そうじゃないかなーって思ってたんだよね」

ミツネが言いたいことを察して同意する。

するとミツネがジト目で俺を見てきて、露骨にため息をついた。

「そういう重要なことを気づいてたなら早く言いなさいよ……これだから召喚慣れした男は」

「ははは、悪い悪い。確証がなくってさ。でもミツネもそう感じたなら間違いねーだろ」

「？　二人とも、何に気づいたの？」

「ああ。何やら知っているようだが」

俺たちの会話に、セリナとシルヴィアが揃って首を傾げる。

「あー、つまりだな──」

そんな二人に、俺が代表して説明しようとした、その時だった。


「久しぶりですね、ミツネ」


どこからか、女性の美しい声がした。

その声の主がどこにいるのか。俺たちが周囲に視線を巡らせていると──上方から二枚の御札がひらひらと舞い落ちてくる。

次の瞬間。その御札がドロンと白い煙を出して爆発する。

「不測の事態によって、何名か他の方もいらっしゃるようですが……ともあれ、無事に召喚できたようで何よりです」

その煙が晴れた先から現れたのは――一人のうら若い美女だった。

身に纏っているのはやや派手な柄をした着物と羽織で、和風のお姫様といった感じ。背丈は女性にしては高めで、俺よりも少し大きいくらいだ。

その一挙一動が大人びていて、どこか母性的な雰囲気を漂わせている。

突如現れたその人物に俺たちが反応しそこねていると、彼女はふと俺に視線を向けた。

「あら？　もしかして貴方、秋人さんですか？」

たおやかな仕草で話しかけられて、俺は反射的に頷いた。

「ああ。それじゃアンタは、もしかしなくてもシヅキさんか」

「ええっ。本当にお久しぶりです。まさかまたお会いできるとは思ってもみませんでした」

「……アキト、その女の人は？」

くいくいとセリナに袖を引っ張られ、説明を求められる。俺が別の世界で突然現れた人物と親しげに話しているものだから、どうやら知り合い同士のようだと察したらしい。

はて、どこから説明したもんかな。

とりあえず俺は和装美女に目をやるよう、ツアーガイドのように手でうながす。

「この人はシヅキさん。陰陽師っていって……まあこの世界の魔法使いみたいなもんなんだけど。俺が五回目に召喚された世界で知り合って、世話になった人なんだ」

「え？　五回目の世界で知り合ったって……それじゃあ、もしかしてここは？」

こちらの言いたいことを察したセリナに、俺は軽く頷く。

「ああ。たぶんだけど、ここはミツネが元いた世界だ」

ミツネが元々いた『吸血鬼と人間が敵対していた和風ファンタジー』の世界。

やっとあのホラーじみた召喚方法について思い出せた。

そう言えば中二の時、あの白い帯に引っぱり込まれたのが五回目の召喚だったわ。

この儀式場みたいなところも、以前俺が召喚された場所だ。だから周囲を見渡した時にちょっと懐かしさを感じたんだろう。

「あらあら？　もしかしてそちらの可愛らしいお嬢さんは、アキトさんのがーるふれんどだったりしますか？」

と、シヅキさんがセリナを見て、嬉しそうに両手を合わせる。

すると突然話しかけられたセリナが、やや頬を赤らめながらしどろもどろに答える。

「え？　あの……はい。そうです」

「やはりそうだったのですか。とても仲がよさそうにお見受けしたので、もしやと思ったのです。私は安部静月と申します。よろしくお願いしますね」

「あっ、セリナ・フィアースです。こ、こちらこそよろしくお願いします」

シヅキさんに微笑みかけられ、セリナが戸惑ったように頭を下げる。

するとシヅキさんは、今度はシルヴィアのほうへと視線を向けた。

「それでは、そちらの聡明そうなお嬢さんも？」

「いや、『も』って何だよ。もしかして俺に恋人が二人いると思ってない？」

「私はシルヴィア・ユニーテル。アキトの弟子です」

「まあ、お弟子さん？　アキトさんもしばらく見ないうちに立派になられたんですね。今日はお赤飯を炊かないと」

「……シヅキ。貴女、そのマイペースなところ全然変わってないわね」

いつの間にか会話のペースを握っているシヅキさんの様子に、ミツネが呆れたようにため息を漏らした。

そんな彼女にシヅキさんは、特別柔らかい笑みを向ける。

「お帰りなさい、ミツネ。また会えて嬉しいです」

「ま、そっちも元気そうね」

シヅキさんが微笑み、ミツネが髪をかき上げながら素っ気なく答える。

その短いながらも親しみが感じられるやり取りが行われた直後だった。

「ほら、クビワ。いつまでも隠れていないで、貴女も挨拶しなさい」

シヅキさんが自分の背後に向けて声をかけた。

……？　もしかして、もう一人誰かいるのか。

そして思い出す。そう言えば最初に頭上から降ってきた御札が『二枚』あったと。

「クビワ。ほら、失礼のないようにお願いしますね」

「――――」

まるで人見知りの子供に声をかけるような優しさでシヅキさんが再度うながすと――彼女の背後から、その少女は現れた。

「ッ!?」

瞬間。俺は驚きのあまり言葉を失ってしまった。

「っ、……ッ!」

隣にいたミツネも、俺と同じ反応を見せる。

おそらく俺たちは今、似たような心境にいる。

――どうしてお前がいるのだ、と。

「お初にお目にかかります、皆々様」

俺とミツネの驚愕をよそに、その少女は表情一つ変えず、ぺこりと事務的にお辞儀をした。

栗色のふわふわとした髪。透き通るように綺麗な声。

こちらを無感情に見つめるその瞳だけが『見覚えのある』蒼色とは異なり、ミツネのそれに似た紅色をしている。

……そうだ。俺とミツネは見覚えがある。

初めまして、と初対面の挨拶をしてきた少女の、その『容姿』に。

「──マツリ？」

ミツネが声に出して、その名を呼ぶ。

「貴女……どうして？」

その声はわずかに震えている。珍しく動揺を隠し切れていない。

すると無表情の少女は、ふとミツネに視線を向けた。

「人違いでございます。わたくしはマツリ様ではありません」

「……人違い？」

「わたくしはシヅキ様の式神、名をクビワと申します。以後お見知りおきを」

「シヅキの式神……？」

それを聞いたミツネはうつむく。

それから己の考えの馬鹿馬鹿しさを嘲るように、ふっと笑った。

「そう。なるほどね……確かに貴女が、マツリなわけないわよね……」

「……」

「ねえ、一ついいかしら？」

「何なりと」

少女の返答に、ミツネは面を上げる。

その顔には戸惑いや憤り、そして寂しさがまぜこぜになったかのような、複雑な笑みが張りついていた。

「貴女――どうして死んだ私の妹と、同じ顔をしているの？」

クビワを名乗る謎の少女。

……ああ、こういうのをまさしく生き写しと言うのだろう。

彼女は似すぎている。

マツリという、すでにこの世にいないはずのミツネの妹に。

人形のように無感情な、その瞳の色を除いて。

動揺する俺とミツネをなだめたのは、他の誰でもないクビワと名乗った少女だった。

『立ち話も何ですし、詳しい話はもう少し落ち着ける場所でしましょう。皆様、どうぞ中へ』

クビワはそう言って、とことこと先を案内するように歩き出してしまったので、俺たちはそれについていく。

俺たちが召喚された儀式場からは屋根付きの短い階段が延びていて、そこを下りた先には大きな、まるで神社みたいな和風の屋敷がある。位置的に儀式場は建物の裏手にあたる形だ。

「何か、ダンジョンの奥にあったミツネの家みたいな建物だね」

「ふむ。私は勇者として各地を旅していたが、極東の皇国で見た建物に似ているな」

屋敷の中を歩いている間、セリナとシルヴィアがずっと物珍しそうにしていた。

と、セリナがそわそわした様子で俺の隣までやってくる。

「あの……アキト？　さっきミツネが言ってた、妹に似てるってどういう意味かな？」

セリナは俺と歩調を合わせながら、小声で尋ねてきた。その視線は先を歩くクビワに向けられている。どうやら出会った直後のミツネの言葉が気になっているようだ。

「んー、俺もまだ事情を把握しきれてないから詳しくは説明できないんだけど……あのクビワって子がさ、死んだはずのミツネの妹に似てるんだ」

「そんなに？」

「ああ。目の色以外は生き写しレベル」

とりあえず俺がわかっているだけの説明をセリナにしていた、その時だった。

「あ、シヅキ様にクビワ様！　お疲れさまです！」

「お二人共、お疲れ様です」

「おぉ？　もしかしてその方々が例の？」

廊下で出くわした男女三人がその場で立ち止まり、俺たちの先を歩くクビワとシヅキさんに話しかけた。

「皆さん、お疲れ様です」

「お疲れ様でございます」

シヅキさんとクビワも立ち止まり、その男女に挨拶する。

「……誰？」

それを見たミツネが、不機嫌そうに尋ねる。

するとシヅキさんが振り返りながら説明した。

「皆さん、私の部下です」

「部下？」

「あら、そう言えば説明がまだでしたね」

シヅキさんがたおやかな仕草で咳払いをする。

「ここはこの世界の均衡を守る《保安機構》という組織、その総本部です。そして私は今その保安機構の長官などをやらせていただいております」

「へぇ……貴女がねぇ」

「そして皆さん。こちらがお察しのとおり『例の事件』を解決するにあたって召喚した――」

「「「ミツネ様ですね！」」」

男女三人が声を合わせた。

名前を呼ばれたミツネはというと、ぎょっとした様子で身を強張らせている。

「いやぁ！　まさか伝説の吸血鬼をこの目で拝めるとは！」

「妖魔の中でも最強種！　さらにその中でも最強と謳われていたミツネ様とご友人だなんて、さすがシヅキ様ですね！」

「それでそれで！　そちらの方々のどちらがミツネ様なのでしょうか!?　よろしければサインが欲しいのですが！」

何かやたらミーハーな部下たちだった。

「はい。こちらが私の友人である部下たちだった。

きらっきらと目を輝かせる部下たちに、シヅキさんはミツネを手でうながす。

「ふ、ふーん？　私、伝説になってるの。へー、そうなんだ？　ふーん」

と、紹介に預かったミツネはわずかに頬を赤らめながら満更でもなさそうにしていた。

どうやら伝説やら最強やらとチヤホヤされて嬉しいらしい。

「え？　こちらの方……？」

が、シヅキさんの部下とやらは紹介されたミツネの姿を見て一瞬目を丸くした後、どっと一斉に笑い出した。

「またまたー！　シヅキさんったら冗談ばっかりお上手なんですから！」

「こんなちんまい女の子が最強と謳われる吸血鬼なわけないじゃないですか！」

「それで、本当のミツネ様はそちらの銀髪の方ですか？　それとも金髪の方で？」

「…………」

びぎりっ、と今まで朗らかだったミツネの額に青筋が浮かんだ。

数秒後。廊下には頬をつねられすぎて悶絶する男女が転がっていた。

再び歩き出しながら、俺は背後に倒れている男女を一瞥する。

……うん。まあ、自業自得なところがあるから同情はできないかな。

「というかこの世界に生きてて、私の顔を知らないってどういうことよ！　シヅキ！　貴女、部下の教育が足りてないいんじゃないの!?」

直接制裁を加えただけでは気が晴れなかったのか、ミツネは上司であるシヅキさんに物申し始めた。どうやらちんまいと呼ばれて相当お冠のようだ。

すると先を歩くシヅキさんは、ぷんすかしているミツネに苦笑する。

「仕方ありませんよ。貴女がこの世界にいた頃から百年ほど経っていますから。最強と謳われた吸血鬼はまさに伝説上の存在。現代ではその姿を知る者のほうが少ないのですから」

「……ん？　ちょっと待ってくれ！　百年!?」

さらっと明かされた衝撃の事実に、俺は思わず大声を上げてしまった。

「えっ、じゃあ何？　俺が前にこの世界に来た時から百年も経ってるの？」

「はい」

「秋人。何で貴方、そんなに驚いてるのよ」

驚愕していた俺の反応を訝しんでか、ミツネが眉を顰めた。

「私と百年ぶりに再会した時はそこまで驚いてなかったでしょ。ほら、世界っていうのはそれぞれ時間の流れが違うとか何とか言って」

ミツネが言っていることは、俺が何度も異世界召喚されるうちに学んだことだ。

だから俺にとっては数年ぶりの再会でも、この世界にいたシヅキさんからしたら百年経っているというのは普通に納得できる。

しかし、俺が驚いているのはそこじゃない。

「あのな？　ミツネは吸血鬼だから百年ぶりって言われても驚かなかったけど……シヅキさんは人間だぞ？　何で昔と見た目変わってねーんだってなるだろ」

「そう？　陰陽師なんてそんなもんでしょ。連中、術で若さを保つくらいわけないいじゃない」

「若さを保つ秘術に長ける……なるほど、陰陽師とは私たちの世界での大賢者のことか。ならばシヅキはさぞ偉大な知識人なのだろうな」

シルヴィアがちょっとズレた感心の仕方をしていた。

ふと、そこで一つ気になった。

「あの、シヅキさんって今、何歳――」

「さあ皆さん、着きましたよ！　こちらのお部屋で事情を説明させていただきます！」

シヅキさんが通路脇の部屋を示しながら、俺の質問をスルーした。

顔は微笑んだままだが、その緩やかに弧を描いている目はじっと俺を見据えている。

「あ、これ触れたらあかんやつか」

「というか、今のはどう見てもアキトのデリカシーが欠けてるだけです……」

セリナが呆れを含んだ小声で諌めてくる。

ぐっ……確かに思いついたまま女性に年齢を聞いてしまったのは素直に反省すべきところだが……でも気になってしまったんだ。うっかり口を滑らせるほどに。


そうして俺たちが通されたのは、かなり広めの座敷だった。

ふかふかの座布団の上に四人並んで座る。

そんな俺たちに向かい合うように、シヅキさんが折り目正しく座していた。

「それにしても本当にお久しぶりですね」

シヅキさんが俺とミツネを順番に見て、包容力満点の微笑みを浮かべる。

「こうも懐かしいお顔を見ていると、革命軍にいた頃を思い出してしまいます」

「そんな大袈裟に感動するほどかね」

「ええ、もちろんですよ」

俺が苦笑すると、シヅキさんは感慨深そうに頷いて。

と、そこで彼女は首を傾げた。

「そう言えばまだお聞きしていませんでしたが、どうして皆さんはミツネの召喚の儀で一緒に現れたのでしょうか？」

「ああ。それは――」

俺は説明する。俺とセリナ、ミツネはわけあって一緒に暮らしていること。

シルヴィアが来客していた時、偶然ミツネに召喚の予兆が現れたこと。

そしてその時、ミツネの近くにいたから一緒に扉へ引きずり込まれたこと。

「――なるほど。それで一緒に召喚されたのですか」

こちらの事情を聞いたシヅキさんは、困惑が混じった微笑みを浮かべた。

そりゃ戸惑うわな。俺だってあんな形で他人の召喚に巻き込まれるなんて思わなかったし。

と、そこでシヅキさんは俺を見やる。

「ただ少々気になる点が……私の記憶が確かならば、アキトさんは『同じ世界には二度召喚されることはない』と聞いた覚えがあるのですが」

「あー、それか」

確かに前はそういう法則のもとで、俺の異世界召喚が行われているのだと思った。

だが――そのジンクスめいたルールは、他でもないセリナが破ってくれた。

だから俺は十回目と十一回目で、同じ世界に召喚されている。

それが俺にとってどれほどの救いになったか。

……まあ今それを語るようなムードでもないし、聞かれたら聞かれたでちょっと照れ臭い内容なので、詳しく話すのはやめておこう。

「あれからいろいろあってさ。それは勘違いだってことがわかったんだ」

「いろいろ、ですか？」

「そう、いろいろ。ま、今回の召喚のメインはミツネで俺はそれに巻き込まれただけだし。俺メインで召喚された時のルールは適用されてなかったりするんじゃない？」

俺が適当にはぐらかして肩を竦めると、シヅキさんは一瞬きょとんとする。

それからすぐにその口元に微笑を浮かべた。まるで息子を見守る母親のように。

「ふふ。アキトさんは以前お会いした時より大分柔らかい人柄になりましたが、相変わらず秘め事の多い殿方なのですね」

「あーいや、別にそういうつもりじゃないんだけど」

単純に話すのが照れ臭かっただけだし。

「いいんですよ。秘め事は時として人を魅力的に見せますから。みすてりあすというやつですね。ふふ、私も若い頃はみすてりあすな殿方に惹かれたものです」

「昔話はそれくらいにして、本題に入りましょう」

思い出に耽り始めようとするシヅキさんに、ミツネがぴしゃりと言った。

「どうして今になって私をこの世界に喚んだのか。洗いざらい説明してちょうだい」

「そう慌てないでください、ミツネ。お茶でも飲んでゆっくりお話ししましょう。私も若い頃はそうやって答えを急いで、がむしゃらに駆け抜けたものですが――」

「いや貴女の若い頃の話はもういいのよ。それよりもさっさと本題に……」

「そうですか？　しかし私の若い頃は『私の若い頃は』と言う年配方のお話に、よく耳を傾けたものですが」

「どんだけ自分の話をしたいのよ!?　私の若い頃はって何回言うつもり!?」

「あ、あはは……何か不思議な人だね」

「うむ。ふわふわした御仁(ごじん)だな」

シヅキさんとミツネのやり取りに、セリナとシルヴィアが各々(おのおの)感想を漏らす。

かくいう俺も、何となく二人のやり取りに懐かしさを感じ、ほっこりしていたりする。

「シヅキ様」

そこで今まで黙っていたクビワが、シヅキさんを呼びかけた。

「年寄り特有の世間話(せけんばなし)ムーヴはそのへんで中止してください」

「と、年寄り!?」

シヅキさんが雷(かみなり)に打たれたような顔になった。

「それではいつまで経っても話が進みません。真面目(まじめ)な本筋の前に世間話で場を和(なご)まそうとしているのかもしれませんが、ぶっちゃけ『どうして年寄りの話って、こう無駄に長いんだろうなぁ』と思われてしまうのが関の山です」

「む、無駄……く、クビワ？　貴女、最近私の扱いがちょっと雑ではありませんか？　私の式神なのに」

「そんなことありません。私は主(あるじ)であるシヅキ様を誰よりも尊重しております」

「そ、そうですか？　それは何よりで――」

「それよりシヅキ様。さっさと本題に入る気がないのでしたら、お煎餅(せんべい)をあげますので少しどいていてください。具体的な退去場所まで指定しますと、部屋の隅(すみ)あたりに」

「うわぁん!?　やはり雑ではありませんか！　クビワが反抗期です！」

「大声は謹(つつし)んでください。進行の妨(さまた)げになります」

うわぁ……容赦(ようしゃ)ねぇー。

クビワってシヅキさんの式神なんだよな？　どうして主に対してあんなに辛辣(しんらつ)なんだ。

普段はたおやか代表みたいなシヅキさんがあそこまで取り乱してるの、初めて見たぞ俺。

「それでは本題に入りましょう」

さっきまでシヅキさんがいたところに、クビワが澄(す)ました顔で正座した。

「本当にいいのか？　シヅキさん、部屋の隅で丸まって寝転がりながら愚図(ぐず)ってるけど」

しかもご機嫌取りで与えられた煎餅を黙々とかじってるし。

何か見てるだけで居たたまれなくなるんですけど？

「いつものことなのでお気になさらずに。お煎餅を与えておけばいずれ機嫌が直ります」

お煎餅すげー。

「さて——まずは遅ればせながら、お会いできて光栄です。ミツネ様、そしてアキト様」

クビワは淡々とした口調でそう切り出し、軽く頭を下げた。

「この世界の歴史的な大革命に関わったお二方の伝説は、我が主から聞き及んでおります」

「……あー、これはご丁寧にどうも」

「…………」

知り合いと同じ顔をしている少女に仰々しく頭を下げられ、何となく居心地が悪くなる。ミツネも俺と同じような表情になっていた。

改めて見ても……マツリにそっくりだよなぁ。目の色を除けばだけど。

何か話の流れで後回しになってしまったが、彼女についてもよくわかってないんだよな。

その昔、命を落としたミツネの妹・マツリ。

そして、そのマツリにそっくりな式神の少女。

本来なら真っ先に確認するべき事案なのだが……俺もミツネもなかなかその話題に踏み出せずにいた。うっかり踏み入って『何か取り返しのつかない事態になる』のが怖いのだ。

そんな漠然とした不安から、クビワがどういった存在なのか確認できずにいる。

「大革命の伝説？　アキトとミツネは何をしたのだ」

考え事をしている俺をよそに、シルヴィアが興味深そうに尋ねる。

するとクビワはこの世界の事情を知らない二人、セリナとシルヴィアを見やった。

「お二人は我々の世界の事情については、どこまで聞き及んでいますか？」

「む？　そう言えばほとんど知らないな」

「私も。ミツネの故郷だから吸血鬼がいるってことと……あ、それと吸血鬼と人間が敵対してるって、昔アキトから聞いたかな」

「把握しました。ではそのへんの説明もしましょう」

二人の返答を聞いて、クビワは静かに語り出した。

「我々の世界には《妖魔》と呼ばれる人外種がいます。鬼種や天狗(てんぐ)種などなど……その妖魔の中でも大いなる力を持ち、最強にして最大勢力の種族といわれているのが吸血鬼です」

「ふむ。なるほどな」

「かつてその吸血鬼と人間は敵対し、長きにわたって争い続けていました」

「かつて？　今は違うの？」

セリナが首を傾げる。

「はい。その昔、吸血鬼と人間の共存を望む《革命軍》の働きによって、両種族の争いは終わり、共存の道を歩み始めたのです」

「もしかして、その両種族の争いを止めたのに、アキトとミツネが関わってるの？」

「その通りでございます」

「そうだったんだ。二人とも凄かったんだね」

　セリナが本当に感心したように言った。

「ミツネ様の妹君にして革命軍の首領、マツリ様。そんなマツリ様の副官であり人類に並ぶ者なしと言わしめた陰陽師、シヅキ様。どこにも与しない一匹狼でありながら気まぐれにマツリ様の手助けをしていた最強の吸血鬼、ミツネ様。そして——革命軍の切り札として別世界から召喚されてきた若き歴戦の英雄、アキト様」

　クビワはそこで一呼吸の間を置く。

「後に革命軍の四天王と語り継がれるこの四名の活躍により、吸血鬼と人間の戦いは終結。この歴史的な事態に貢献した革命軍は、両種族の均衡を守る《保安機構》にその姿を変え、革命軍の副首領だったシヅキ様が長官の任に就きました——以後百年。シヅキ様が保安機構の指揮を執ることで吸血鬼と人間は手を取り合って共存し、平和な日々を謳歌しております」

「へぇ。あれから百年も世界の平和を維持するとか、シヅキさんってすげぇんだな」

「ふふ。お恥ずかしい限りです」

　俺が感心すると、部屋の隅でくつろいでいたシヅキさんが照れを含んだ笑みを浮かべた。

　そんな彼女の様子に、セリナが俺にこっそり耳打ちしてくる。

「（さっきまで『クビワが反抗期です』ってすっごく嘆いてたけど、いつの間にかおっとりしたシヅキさんに戻ってるね)」

「(だな。めちゃくちゃ優雅な仕草で煎餅かじってるし。つーか何で煎餅かじってるだけの姿があんなに絵になるんだよ。逆に怖ぇよ)」

機嫌を直したらしいシヅキさんだが、こちらの話に入ってくる様子はない。

どうもこれからの説明は全部クビワに任せるつもりのようだ。

「ちょっと待ちなさい」

と、そこでミツネが待ったをかけた。

「革命軍の四天王って何? 私は別に革命軍に所属してたわけじゃないわよ!? ただあそこは妹が首領をやってたから、適当に生活するには過ごしやすい場所だっただけで……」

「あー。確かに、お前は首領の食客って扱いだったよな……妹の威を借るニート姉さんって陰で言われてたけど」

「何それ初耳なんだけど!?」

「それについてはわたくしに言われても困ります。わたくしが式神として生まれたのは、つい数年前。ミツネ様を革命軍の四天王と語り継いだのは、わたくしではありませんので」

「一体誰なのよ!? 私を革命軍のいち戦力なんて小さい存在に語り継いだのは!?」

ミツネが憤慨する。どうやら当時の一匹狼的な立ち位置にこだわりがあったらしく、今にも暴れ出しそうな勢いである。

「……一応言っとくけど、当時から隊員たちの間では四天王って言われてたぞ、お前」

「えっ、そうなの!?」

「そう言えば、たまに隊員の皆さんが、よく四天王のことについて談話しているのを目撃したような……『四天王の中で誰が一番強いと思う?』とか何とか」

俺に続いて、シヅキさんが当時を思い出すようにして言う。

それからたおやかな笑みをミツネに向けた。

「ふふ。まあそういった趣旨の話題は、大体いつも『ミツネ様が一番強い』という結論に落ち着いていましたけどね?」

「へ? そ、そうなの? ……ふーん。ま、当時の隊員たちも見る目だけはあるようね」

シヅキさんが明かした当時の評価を聞き、さっきまで四天王扱いされて憤慨していたミツネは明らかに気分をよくしていた。

ちょろいな、この最強の吸血鬼。

いや、この場合はシヅキさんの話術のほうが一枚上手というべきか。

「ともあれ、皆様四天王のご活躍によって、この世界は平和を保っていました」

クビワが気を取り直すように話を本題に戻した。

「しかし今……『ある秘宝』を巡る事件によって、百年もの間保たれていた世界の均衡が崩れようとしているのです」

百年続いていた平和が崩れようとしている。

いきなり物騒な話になり、室内の空気が重苦しくなるのがわかった。

「秘宝の名は――《死神の瞳》」

その張り詰めた空気の中、クビワはその名を口にする。

「それを手にした者は死すら自在に操るとされる陰陽術の大秘宝。保安機構直属の研究機関にて厳重に封印・保管されていたそれが今、悪しき者の手によって盗まれてしまったのです」

「なるほどな。それで」

何となく事情を察して相槌を打つ俺に、クビワは「はい」と頷く。

「死を自在に操る秘宝を手に入れた悪人のすることなど容易に想像できます。己の不老不死、不死の軍団の結成。ただ快楽的に世界に死の呪いを振りまくやもしれません……あれは使い手次第で世界を滅ぼしかねない秘宝なのです」

あくまで事務的に、淡泊な調子で。

「そんな死神の瞳がこの世界に災厄をもたらすのを防ぐため、我々はミツネ様の力を借りようと、勝手ながら召喚させていただいた次第です」

そこでクビワがミツネを真っ直ぐに見やった。

「ミツネ様――どうか再びこの世界を救うため、その力を貸してください」

彼女はそのまま両の手を床につき、しずしずと頭を下げた。

世界の均衡を崩しかねない秘宝。それが今、悪しき者の手にあるという事実。

この事態をどうにかするため、かつて最強の吸血鬼と謳われたミツネが召喚された。

告げられた召喚理由。そしてこの世界に訪れている危機。

つまり、ミツネが喚ばれた理由とは——世界を救うため。

「………………」

そのあまりに大きい話に、さすがのミツネも思案顔で押し黙る。

で、そんな真面目くさった雰囲気の中で俺はというと、

「へー？　ミツネ、お前救世主に選ばれたのか。おめでと、やったじゃん」

「そんな部活のレギュラーに選ばれた友達を祝うみたいな軽いノリで言わないでくれる？」

俺の素直な祝福の言葉に、ミツネは呆れ顔で突っ込んでくるのだった。

吸血鬼と人間が共存する和風ファンタジー

夕暮れ時を迎え、その繁華街はかなり賑わっていた。

瓦屋根の木造建築物が並ぶ大通り。道行く人々はそれぞれ着物を身に纏っていて、一見するとまるで自分が時代劇の中に紛れ込んでしまったような錯覚を覚える町並みだ。

ただし……よく見ると、そこかしこに違和感がある。

道端に当然のように並んでいる電柱。たまに道を走り過ぎていく自転車や原付。暖簾の代わりなのか、電飾付きの看板を出しているファミレス。電器屋と思しき店先にはディスプレイ用の液晶テレビが並んでいる。

さらにちょっと観察してみるとわかるのだが、行き交う人たちが身に纏っている着物は、まるでミツネが着ているもののように現代風のアレンジが加えられている。俺が知っているちゃんとした『着物』を着ている人たちとの比率は半々といったところか。

「懐かしいなー。この古きよき京の都的な町並みに、当たり前の顔で現代文明が入り混じってるチグハグな感じ」

これこそがこの世界特有の雰囲気だ。

俺が五回目に召喚された異世界。吸血鬼と人間が敵対していた和風ファンタジー。

ただ俺が以前この世界に来た時と違うのは――

「それにしても、本当に共存してるのね。人間と吸血鬼が」

俺と一緒にその町並みを見ていたミツネが言った。

「わかるのか？」

「まあ同族の気配だし。貴方だってそれくらいわかるでしょ？」

「んー、まあ何となく」

ミツネの言う同族の気配とは、吸血鬼のことだ。

見た目はほとんど人間と変らない彼女らなので、ぱっと見ではわからないが……繁華街を歩いている者たちを見回すと、そこかしこにいる気配がする。

というか町を歩く吸血鬼たちは、自分が吸血鬼であるということを隠している様子がない。

若者が何かを飲みながら歩いていると思ったら、それは輸血パックだったりするし。かと思えば吸血鬼と人間のカップルがイチャイチャしながら歩いていたりする。

「ここ数日この光景を見てるけど、やっぱりちょっと不思議な感じだわ」

「確かにな。あそこにも同じ制服を着た人間と吸血鬼の女子高生がいるし。友達同士かね」

吸血鬼と人間が共存して百年も経ち、それが世界の当たり前となっている。

百年前の世界を知っている身としては考えられない光景だ。

「同じ制服？　ふーん……ってことは同じ学校に通ってるのね、あの子たち」

と、ミツネがぽそりと呟いた。

その瞳は、俺が見ていた女子高生たちに向けられている。

「？　まあそりゃそうだろうけど。それがどうかしたのか？」

「――いいえ、何でもないわ」

こちらの追及を、ミツネは適当にはぐらかす。

けど俺は見逃さない。同級生と思しき人間と吸血鬼の二人組を眺めていたミツネはどこか感慨深そうで――それでいて少し寂しそうだったことに。

『あ、もしもしアキト？　聞こえる？』

その時だ。懐からセリナの声がした。

俺は懐から一枚の御札を取り出す。シヅキさんから渡された通信機能が付与された術符だ。

セリナの声はそこからしていた。

「はいはい。ばっちり聞こえてるよ。どうしたんだ？」

『ふふ。そっちはどうしてるかなーって思って。ちゃんと見回りしてる？』

セリナが少し冗談めかして聞いてくる。

現在、俺とセリナは別チームに分かれて町の見回りをしている。

もちろんこれは《死神の瞳》に関わる事件を解決するための活動の一つだ。

どうもセリナは俺がちゃんと仕事しているかを心配して通信してきたようだ。

ふむ。ここはきっちり真面目にやっているという事実を伝えておくか。

「ああ。こっちはばっちりやってるよ——あ、店員のお姉さん。みたらし団子三つ追加で」

『アキト？　私の聞き間違いでなければ、見回りついでにお団子食べ歩きしてない？』

やべ。余計な情報を伝えてしまった。

「セリナ様。心配には及びません」

お叱りモードになったセリナに、俺の右隣にいたクビワが仲裁に入った。

「アキト様は食べ歩きなどしておりません」

『そう？　それならいいんだけど……』

「はい。食べ歩きではなく、しっかりお店のイスに着席しておりますのでご安心を」

『予想以上にくつろいでる!?　ますますダメでしょ、それ！』

「？　歩きながら物を食べてはいけないという、食事中のマナーに言及していたのではないのですか——あ、アキト様。次はこしあんを注文してもよろしいでしょうか」

「おう、構わねーよ」

『ちょっと二人共!?　今は見回り中でしょ！　真面目にやらなきゃ「めっ」だよ！』

セリナが完全にダメな子を叱る保育士みたいな口調になっている。

「……どうして貴女までノリノリでお団子食べてんだか」

と、俺の左隣に座っているミツネがため息をついた。

現在俺とミツネ、そしてクビワの三人は大通りにある団子屋にいた。こういう店によく置かれている店先の長椅子に並んで座っているのだ。

「私、貴方たちに頼まれたから町の見回りなんて面倒なことに付き合ってるんだけど？　それなのに依頼してきた張本人がデート気分ってどうなのよ」

『ミツネの言うとおりだよ！　見回りはちゃんとしないと――デート？』

「それと注文するなら、こしあんじゃなくて粒あんにして」

「お前も結局ノリノリじゃない？」

「ではどちらも頼みましょう。すいません店員さん、オーダーをお願いします」

『ね、ねえアキト!?　デートってどういうことっ!?』

『ふむ。アキト、できれば早めに弁解したほうがいいだろう。でなければセリナが物凄く羨ましそうに通信用の札を握り締めて、今にも破いてしまいそうだ』

『そ、そんなことないもん！　お団子デートが羨ましいなーとか、ちょっと今から見回りのメンバー変わってほしいなーとか、全っ然思ってないもん！』

『あらあら？　ふふ、甘酸っぱいですね。これも青春でしょうか。私も若い頃は――』

通信用の御札を通して、見回りメンバーの会話がわちゃわちゃと飛び交う。

「……はあ。こんな調子で死神の瞳を持つ通り魔なんて見つかるのかしら」

一連の騒がしさに対し、ミツネは物憂げにため息をついた。

そもそも何故俺たちはこうして町を出歩き、警邏任務の真似事なんてしているのか。

それを説明するには、少し時間を遡ることになる。


どうか世界を救ってほしい。そう言ったクビワに、ミツネは重苦しく沈黙する。

「……ま、貴女たちの言い分はわかったわ」

やがて長いため息と共にそう切り出したミツネに対し、クビワはやや期待したように、

「それでは、引き受けてくださるのですか」

「それはまた別の話よ」

ミツネがピシャリと告げた。

「だって貴女たちに対する疑問点が多いんだもの。まずそれを解消してからよ。引き受けるかどうかはその後で決めるわ」

「わかりました。何なりとお聞きください」

「そうね。まずさしあたっては──『貴女』かしら」

ミツネがぞんざいな手つきでクビワを指差す。

「マツリに似ている貴女が一体何者なのか。洗いざらい説明してもらうわ」

「あら。クビワについては、この子から自己紹介があったはずですよ。彼女は私の式神です」

ミツネの核心に触れる問いに答えたのは、クビワではなくシヅキさんだった。

「だから、どうして貴女の式神が、死んだはずの私の妹にそっくりな外見をしてるのかって聞いてるの」

その昔、命を落としたミツネの妹――マツリ。

彼女によく似たクビワという式神は、俺たちにとって見過ごせる存在ではない。

ここでミツネがはっきり問いつめたのは意外だったが、俺だってその件は気になっていた。

どうしてシヅキさんがそんな式神を作ったのか、ついでに聞かせてもらおう。

「そうですね。話せば長いのですが……」

そう言うシヅキさんの口調は、どこか後ろめたさが宿っていた。

「実はここ数年、保安機構長官としての私の仕事が激務化しまして。ふと仕事をサポートしてくれる側近の式神を作ろうかと思い至ったのです」

「それで、マツリと同じ外見の式神を作ったってわけ？」

「決して意識したわけではありません。『優秀な式神を』とイメージして召喚したところ、現れたのがクビワなのです」

シヅキさんがどこか自嘲めいた微笑を浮かべる。

「私にとって決して超えられない優秀な存在といったら、やはりマツリでしたから。そのような過去にすがる私の弱さが、マツリによく似たクビワという式神を作り出したのでしょう」

「……」

「マツリの姉である貴女が気分を害すのは当然。心より謝罪いたします」

シヅキさんが笑みを消し、真剣味を帯びた表情でミツネを見つめる。

「ただ、クビワを責めないであげてください。この件は過去の思い出に囚(とら)われている私の不徳の致すところ。クビワに責任はありません。だからどうか……」

「――わかったわよ」

謝罪するシヅキさんに対し、ミツネは軽くため息をつきながらヒラヒラと手を振った。

「事情はわかったから、そんな顔で謝らないで。辛気臭(しんきくさ)いったらないわ」

「ありがとうございます」

ミツネのさばさばした態度。そこから滲み出る気遣(きづか)いに、シヅキさんが再びその顔にたおやかな笑みを宿した。

何となく、しんみりした雰囲気になってしまった。

だがそれが決して悪いものではないことは俺にもわかった。お互いが抱いていたちょっとしたわだかまりを解消したことで、刺々(とげとげ)しかった空気を緩和(かんわ)できたのだろう。

「他に何か疑問はありますでしょうか」

と、クビワが話を進行する。

「もちろんあるわ。そもそも何で私は『召喚』されてこの世界に来たのか、とか」

「ん？　どういうことだ？」

俺が首を傾げると、ミツネは出来の悪い生徒を前にしたような顔をした。

「あのね、私はかつて貴方たちと敵対して『封印』されたのよ？　それでセリナやシルヴィアのいる世界に飛ばされたわけだけど……なら普通『封印を解かれて』この世界に戻ってくるはずだって考えない？」

「ああ、なるほど。確かに」

「それがどうしてアキトと同じ方法で『召喚』されたのかってこと」

あの帯が出る扉は確かにこの世界の召喚術だ。

それは俺が前に召喚された時と同じ形だったからまず間違いない。

なら何故ミツネは封印を解かれたのではなく、召喚されてこの世界に来たのか。

「あら。言ってませんでしたか？」

するとシヅキさんが頰に手を当てながら、うっかりといった感じで微笑んだ。

「ミツネを封印したというのは嘘です」

「――は？」

「はあぁぁ!?」

さらっと明かされた真実に俺は呆気に取られ、ミツネは驚愕の声を上げる。

　さっきまでのしんみりした雰囲気が一気に吹っ飛んだ。何だこのコミカルな感じ……。

「皆さんにはミツネを封印する体を装いましたけど、実はあの時に使ったのは別世界へと送る転送術だったのです。なので呼び戻すには召喚術を使うしかありません」

「な、何でそんなまだるっこしいことしたのよ⁉」

「え？　だって親友を封印して自由を奪うのは気が引けましたし……それなら別の世界で自由に生きてほしいと思いまして」

「普通に友達想いな理由⁉」

　ミツネの反応に、シヅキさんが「あら？」と嬉しそうに笑った。

「そう褒められると、ちょっと照れてしまいますね。ふふ」

「いえ、革命軍の連中を騙したのは別に褒められたことじゃ……あ、ダメ。ちょっと待って。あまりにあっさりと判明した新事実に、ちょっと混乱してるわ、私」

「俺もだ……話の内容をうまく整理できない」

　シヅキさんって、こんなフリーダムな人だったっけ？

　革命軍にいた頃は、もう少し落ち着きがある人だったと記憶してるんだが……。

「他に聞きたいことがなければ、そろそろご返答をいただきたいのですが」

　すっかり進行役になったクビワが言う。

「ミツネ、引き受けてくださいませんか？」

さらに追い打ちをかけるようにシヅキさんがミツネに笑いかけた。

「うっ……そ、そもそも世界の危機やら何やらは私の領分じゃないのよ！　こういうのはアキトの専門でしょ？　何でアキトじゃなくて私を喚んだのよ！」

「そこはほら、アキトさんは二度同じ世界に来られないと聞いていましたから、もう召喚できないと思っていたのです。それなら旧知のミツネをと」

「実際にそこにいるじゃない！　アキトに頼みなさいよ！」

「いえ、そうは言っても、アキトさんには革命軍の頃にかなり無茶なお願いをたくさんしてしまいましたし……これ以上こちらから何かを頼むのはご迷惑ではないでしょうか」

「私には迷惑かけていいってこと!?」

「いいじゃないですか。ここは親友を助けると思って。ね？」

「う、ぐっ……！」

いかん。ミツネのやつ、完全にペースを持ってかれている。

クビワとシヅキさんに真っ直ぐに見つめられたミツネは居心地悪そうに口を引き結び、

「わ、わかったわよ！　やればいいんでしょ、やれば！」

「あら、ありがとうございます。さすが持つべきものは親友です」

「感謝いたします、ミツネ様」

「はあ……それで、実際に何をすればいいのよ？」

ミツネがどっと疲れが押し寄せたような顔で言う。

「それについては、まずこちらをご覧ください」

そう言って、クビワは懐から一枚の御札を取り出した。

それを誰もいない横合いに放つと、御札はどろんと音を立てて煙を出し——いつの間にか薄型の液晶テレビに変わる。

テレビは勝手に電源がつき、映し出されたのは何かのニュースだった。

『昨夜未明。繁華街の路地裏にて昏睡状態の男女数名が発見されました。この件について保安機構は、数カ月前から起きている一連の通り魔事件との関連性が高いと発表——』

和服を着たニュースキャスターが神妙な顔つきでそんなことを話している。

と、その一連の流れを見ていたセリナが「式神っていろんなことができるんだね」と素直に感心していた。シルヴィアも「不思議な術だな」と初めて見るテレビを珍しがっていた。

「通り魔事件？」

「これが死神の瞳ってやつに関係あるの？」

一方、俺とミツネは報道されている情報に食いつく。

それにクビワが「はい」と頷くと同時に、テレビの画面が切り替わった。

映し出されたのは、鮮やかな紅色の水晶球みたいなもの。大体ハンドボールくらいの大きさで、水晶の中には何やら黒い紋様のようなものがある。

おそらく今画面に映し出されているのが《死神の瞳》なのだろう。

「死神の瞳とは元来、多大な魔力を供物として捧げることで死神と契約する秘宝。それによって死に関わる禁術を操れるようになると伝えられています。重要なのは死神の瞳に備わっている機能として、人の魂――つまり魔力を他者から奪って蓄えられるということです」

「……じゃあさっきニュースで言っていた通り魔が？」

状況を理解した俺に対し、クビワは首肯した。

「はい。我々も被害者の状況は見たのですが、この通り魔に襲われた者はすべて、魔力枯渇によって昏睡状態に陥っていました。まるで誰かから急激に魔力を吸い取られたかのように」

「なるほど。状況から見て、この通り魔が死神の瞳で魔力を集めてるのは間違いないと」

ミツネが納得いったように言った。

「その通りです。ですので我々は、犯人が死神と契約しうるだけの魔力を集めきる前に、何としてでも死神の瞳を取り返さなくてはなりません」

「その方法は？」

と、今まで説明を黙って聞いていたシルヴィアが尋ねた。

「数カ月も前から通り魔事件を起こしていながら、いまだに逃げ切っているということは、相手は相当な手練れなのだろう？　そんな犯人を追い詰める算段はついているのか」

「確かに犯行現場からは直接犯人に繋がる手がかりはありませんでした。ですが過去の傾向から推測すると、また近い内に通り魔事件は起こるでしょう。手がかりがない以上、犯行が行われる時を直接狙う他ありません。要するに犯人が現れると予測されるポイントの見回りと張り込みです」

「なるほどな」

「それだけではありません。相手は死神の瞳で魔力を蒐集しておりますが、死神と契約するには莫大な量が必要となります。よってより多くの魔力を持つ者を求めているはず。つまり高い魔力量を誇る実力者が犯行予測ポイントをうろつけば、囮としての効果も見込めます」

「見回りと囮を兼ねた作戦っつーことか」

実力者が犯行の起こりそうな場所を見回りしていれば、誰かが襲われた時に対処できる。それに、見回りをしている者の魔力を狙って犯人が現れるかもしれない……まさに一石二鳥の作戦だ。

「それ、私たちもお手伝いできないかな？」

と、セリナが小さく手を挙げながら声を上げた。

その申し出にクビワとシヅキさんがわずかに目を見開く。

二人の視線を集めたセリナは途端に、わたわたと手を振った。

「ミツネが協力するなら、私も力になりたいというか……ご迷惑でなければなんですけど」

「うむ。ミツネの故郷となる世界の危機だ。我々にも是非手伝わせてほしい」

セリナの提案にシルヴィアも賛同する。

俺からは特に反対意見はない。むしろ二人ならそう言うと思っていた。

「巻き込まれて召喚されたのも何かの縁だ。俺たちも張り込みに参加していい？」

「ですが……」

「セリナとシルヴィアの実力なら私が保障するわ」

無表情ながらも困惑した様子を見せるクビワに、ミツネが言う。

「二人共、ジャンルは違えど私と同格の実力者よ。作戦には問題なく参加できると思うわ」

「あ、あはは。二人と一緒に並べられるのは恐縮というか……私はまだまだ経験に乏しいし」

ミツネの言葉に、セリナが照れ臭そうに謙遜する。確かに二年前なら見習いって感じだったけども。今や世界クラスの召喚師なんだから、自信を持ちゃいいのに。

「皆様、ありがとうございます。保安機構の長としてお礼を申し上げさせていただきます」

「ご協力、感謝いたします」

協力を申し出た俺たちに、シヅキさんとクビワが恭しく頭を下げた。

こうして俺たちは四人全員で、死神の瞳に関する事件解決に協力する運びとなった。

ま、どうせいつものパターンから察するに、召喚目的を達成しなきゃ元の世界に帰れないのだ。ならちゃちゃっと協力して、事件を解決してしまおうじゃないか。

「それではお力添えをいただくお礼として、今夜はもてなしの宴にしましょうか。せっかくなので今日はこちらに泊まって、ゆっくりお休みになってください」

　頭を上げたシヅキさんは長官の顔から、いつものおっとりしたそれに戻っていた。

「ただ作戦に参加するためにはいろいろと準備が必要でしょうから、そうですね……『元の世界にお戻りになられる』のは明日、ということでよろしいでしょうか」

　そのようにシヅキさんは今後のスケジュールを立ててい――、

　――ちょっと待て。

　今聞き捨てならないことをさらっと言わなかったか？

「えっ、はい？　戻れるの？　元の世界に？？？」

　思いっきり困惑しながら尋ねる俺に、シヅキさんとクビワは同じ方向へ首を傾げた。


　そうして俺たちは一度、この世界に召喚された儀式場へと戻ってきた。


　中央にあるのは、俺たちをこの世界に移した立派な造りの扉。

　俺は扉に近づき、おそるおそる開けてみる。

　その先に広がっていたのは、懐かしのセリナ宅だ。

　どうやらこの扉はセリナん家のテラスに繋がっているらしい。

「…………」

俺は世界を股にかける扉から顔を出し、その光景を眺めた。

おもむろに足を踏み出してみる。するとテラスの床を踏む感触がしっかり伝わってきた。

幻覚の類ではない。どうやら本当に、元の世界にいつでも帰ることができるようだ。

「普通何かを召喚する場合は、送還する方法も同時に用意するはずですが」

疑っているような行動を示す俺に、後ろから眺めていたクビワが淡々と声をかけてくる。

「…………」

その当然といえば当然の説明に、しかし俺は納得できず押し黙ってしまった。

そんな俺に、セリナが遠慮がちに声をかけてくる。

「……アキトが別の世界に召喚された時って、召喚目的を達成しなきゃ何があっても元の世界に帰れなかったんだよね？」

「……ああ、そのはずなんだが」

俺が今まで経験してきた異世界召喚では、必ずその条件があった。召喚された目的を達成しなければ決して帰還兆候は現れず、どうあがいても現代日本に帰れなかったのである。

しかし今回は普通に世界間を行き来できている。

あの猫型ロボットの秘密道具みたいな扉で、帰るのも再度訪れるのも自由みたいだ。

……とりあえず今手に入っている情報だけで、この現状を推測してみる。

「もしかしたらそれは『俺がメイン』で召喚された時の条件であって、今回は『ミツネがメイン』で召喚されたから、そのルールは適用されてないのかもしれない」

「そ、そうなんだ……あはは……」

「……」

「で、でもよかったね！　これで帰れなくなる心配もなくなったし！」

俺の微妙な感情を察してか、セリナが頑張って励まそうとしてくる。

そんな彼女をよそに、俺はミツネのほうへ視線を向けた。

「……何でお前ん時だけすぐ帰れるんだよ。ずるくね？　チートだ、チート」

「わ、私のせいじゃないでしょ!?」

俺のジト目を受けて、ミツネが心外そうに叫ぶのだった。


そんなわちゃわちゃしたやり取りから数日。

俺たちはこうして毎日通り魔が出そうなポイントで見回りと張り込みをしているのであった。

『とにかく！　今は作戦中なんだから気を引き締めなきゃダメだよ！　油断して通り魔にやられちゃったらどうするの!?』

「まあ落ち着けってセリナ。俺だって何も考えなしにこんなことしてるわけじゃねーんだ」

俺は通信先にいるセリナをなだめすかすように言う。

「俺たちは見回りするのと同時に囮も兼ねてるだろ？　ならこうして旅行気分でブラブラして

る感じを装えば、こっちが油断してると思って通り魔が来ないかなーって考えたわけだよ」

『む。確かに……筋は通ってるけど』

「連日収穫なしってのもここらで終わらせようと思ってな。勝負をしかけようってわけ」

『……でもわざわざ隙を作るなんて、そんな危険ことしなくても』

「安心しろ。別に本気で油断してるわけじゃねーからさ」

『……それならいいんだけど』

セリナがいつも以上にお叱りモードだったのは、こっちの身を案じてのことだ。

俺たちが油断して通り魔にやられないかと不安だったのだろう。そんなセリナの優しさを知っているからこそ、俺は彼女を安心させるように笑う。

「ま、そういうわけで。もし思惑通りに通り魔が釣れたらすぐ連絡する」

『ほんとだよ？　危なくなったらすぐ呼んでね？』

「おう。そっちも気をつけてな」

『――うん。ありがと』

最後にセリナの声が少し明るさを取り戻したのを確認して、俺は御札をしまう。

そして俺は長椅子から立ち上がり、ぐっと伸びをした。

「さてっと。じゃあいつもどおり適当に歩き回るか」

「適当ではございません。通り魔の犯行が予想されるポイントを順次見て回る、論理的に組み立てられた巡回ルートです」

　クビワが店員を呼んで団子代の会計を済ませながら（保安機構の経費で落とすらしい）事務的に訂正してくる。無表情ではあるが、どこか心外そうな雰囲気だった。

「悪い悪い。そういうつもりで言ったわけじゃねーんだ。傷ついたなら謝るよ」

「別にわたくしは傷心などしていませんが」

「……」

　と、俺とクビワのやり取りを尻目に、ミツネは澄ました顔で席から立ち上がる。しかも、そのまま先に歩き出してしまった。

　そんなミツネの様子に、俺とクビワは目を見合わせてから、小走りで追いつく。俺がミツネの隣に並んで歩き、俺たちの後ろに控えるようにクビワがついてくる形だ。

　そのまましばらくの間、俺たちは夕暮れに染まる繁華街を歩き続ける。

「どうしたんだ」

「何が？」

「や、妙に真面目だなって思って」

「別に。さっさとこのくだらない事件を終わらせて早く解放されたいだけよ」

　俺の疑問に、ミツネはことさら冷静を装って答えてくる。

　ここ数日、ミツネはずっとこんな調子だった。いつも通りであるのに、クビワへの態度がどこか事務的で素っ気ない。まるで己の動揺を隠すかのように。

……まあ平常心でいられるわけがないか。

何せ死んでしまった妹と同じ顔の少女が、いつも一緒にいるのだ。心を乱すなというほうが無理な話である。

「それを言うなら秋人、そっちこそどういうつもり？」

「ん？」

「どうして事件解決を手伝うのかってこと。いつもみたいに召喚目的を達成しなきゃ帰れないってわけでもないし、協力をお願いされたのは私だし。貴方が手を貸す理由はないでしょ」

ミツネはそこで一度言葉を区切った。

「それなのに、どうして貴方は私を手伝うの？」

「それは――」

改めて問われて、何故か言葉に詰まった。

どうして俺はミツネの手伝いをしてるんだ？

セリナやシルヴィアはただの善意で手伝っているが、じゃあ俺は？

ミツネがやるなら手伝うか的な流れでここまで参加してきたが……本当にそれだけか？

「――――」

その疑念を抱いた途端、胸の奥が鈍く痛んだ。

思わず立ち止まる。するとミツネとクビワも、俺に合わせてその場で歩みを止めた。

「アキト様？」

「秋人……」

何故そんな痛みを抱いたのか。自分でもよくわからない。

いきなり湧き出てきた原因不明の感情に、俺は顔を顰める。

そうやって戸惑う俺を、ミツネは静かに見上げてきて、

「ごめんなさい。余計なことを聞いたわ。今のは忘れて」

「？　何でお前が謝るんだよ」

「……だって貴方に『あの時』と同じ目をさせてしまったんだもの」

まるで悔恨を吐き出すように、そんなよくわからないことを口にした。

それが一体どういう意味なのか、俺が聞き返そうとした……その直後だった。

「お二人共。申し訳ありませんが、そのお話はまたの機会に」

クビワが彼女にしては珍しく強めの口調で言った。

「お気をつけください――来ています」

「ッ」

「!?」

その言葉に俺とミツネが臨戦態勢で即座に周囲を見渡し、

そしてその『異常』にすぐ気づいた。

「これは……？」

「人払いの結界みたいね」

夕暮れ時で忙しなく人が行き交っている繁華街。しかし今その通りからは、俺たちを残して人の気配がこぞって消えていた。

……いや、それは間違いだ。俺たち以外にも一人だけ、その場に存在していた。

夕暮れに染まった大通り。

その先に、静かに佇む狐面の人物がいた。


印象的なのは、やはりその顔を隠すように被っている狐面だろう。

白い狩衣に紅の袴。いわゆる神職が着ていそうな和装に身を包んでいる。体軀が細く、顔を隠していることもあって、ぱっと見では性別はわからない。

そして何より見逃せないのが、狐面の人物の周囲にふわふわと浮いている水晶体。

「……あれは、死神の瞳か」

間違いない。いつぞやクビワに映像資料で見せられた陰陽術の秘宝――《死神の瞳》。

つまり、あの狐面が件の通り魔ということだ。

「クビワ。セリナたちに連絡を頼む」

「承知いたしました」

背後にいるクビワにそう頼み、俺はどんな状況にも対応できるように自然体で構える。

しかし……思った以上にやばいな、あの死神の瞳ってのは。

モニターで見た時には特に何も感じなかったが……直接対面してみてわかる。あの水晶体がただそこにあるだけで身震いするほど禍々(まがまが)しい気を発していることに。

死神と契約するって話だし。ひょっとしたら本当に死神の目玉かもしれないな、あれ。

ただ気になるのは……資料で見た時の死神の瞳は、水晶内の紋様はすべて黒だったが、今狐面の周囲に浮いているそれは一割ほど金色になっていることだ。

紋様の色の変化。それが一体何を意味するのか……ま、今それを考えても仕方ねーか。

「つーか通り魔のクセに正面から来るんだな。随分(ずいぶん)と礼儀正しいこって」

「人払いの結界を張って、他人の魔力を奪ってる時点で、礼儀も何もないでしょう」

俺の感想にミツネが軽口を返してくる。しかしそうは言いつつも、彼女が全力で気を張っているのが伝わってきた。

「────」

その時だ。狐面が動いた。

それに対して俺とミツネ、クビワが身構える。

果たしてこの通り魔がどのように仕掛けてくるのか。

その一挙一動を見逃すまいと注視していると、狐面はこちらの視線を受けて——

ぺこり、と驚くほど折り目正しく一礼した。

一流ホテルの受付さんもかくやというほど、ぴしっとしたお辞儀だった。


「…………えっ。何？　何なの、今の？」

そんな通り魔の謎の行動に、俺は混乱するしかなかった。

とりあえず俺は隣にいるミツネに、小声で話しかける。

「……なあミツネ。何であの狐面、めっちゃ礼儀正しく一礼したんだ？」

「わ、私に聞かないで。知るわけないでしょ」

「ひょ、ひょっとして俺たちが礼儀についてどうこう言ってたの、聞かれてた？　だとしたらめっちゃ気まずいんだけど」

「————」

「あの狐面、お辞儀した後は、俺たちの反応を待ってるかのようにずっと無言だし。俺たちどうすればいいの？　とりあえずお辞儀を返したほうがいい？」

「わ、わからないわよ。通り魔に出会い頭に一礼されるなんて初めての経験だもの」

そりゃそうだ。俺だってそんな希有な経験、したことない。

その時だ。とんとん、と肩を指で叩かれる。

振り返ると、クビワが無表情のまま口を開いた。

「『この度は事前の連絡もなしに訪問してしまい、まことに申し訳ありませんでした』と仰りたいようです」

「え？　クビワ。お前、狐面の言いたいことわかんの？」

「おおよそですが。同じ無口クールキャラのシンパシーといった感じでしょうか」

「お前は無表情なだけで無口でもクールでもない気がするけど、まあ相手の言いたいことがわかるってんなら心強い。少しの間、あの狐面の言いたいことを翻訳してくれない？」

「承知いたしました」

こくん、とクビワが頷いたのを契機に、俺とミツネは再び通り魔へと向き直る。

「――――」

「『ご挨拶が遅れました。私はとある事情から通り魔なんかをさせていただいている者です』と仰りたいようです」

「は、はあ、これはご丁寧に……ところでアンタはどうして通り魔なんかを？」

「――――」

「『それには深いわけがありまして。大変申し訳ないことに皆様にはその事情をお話しすることは叶わないのですが、こちらとしましては皆様の魔力を奪い、死神と契約しなければならなくて……どうかご容赦していただけないかと』と仰りたいようです」

「い、いやぁ、さすがにそれはこっちとしても容赦できないというか？　協力したいのは山々なんですが……俺たちはアナタから死神の瞳を取り返すように言われてましてね」

「……というか、いくら丁寧な言葉遣いされても、結局は通り魔として私たちを襲うって言ってるだけよね、あの狐面？」

「――――」

「『身勝手だとは存じておりますが、無礼を承知でお願いいたします。どうか貴方たちの魔力を根こそぎ奪わせていただけないでしょうか？』と仰りたいようです」

「あーもう！　礼儀正しすぎて逆にやりづれぇよ！　何で俺たち、こんなご丁寧に通り魔されてんの!?」

クビワの翻訳に対し、俺は食い気味で叫んだ……その瞬間だった。

ゾンッ、と周囲の空気が重くなった。

恐ろしく静かで、それでいて鋭い魔力の錬成。

達人。そんな言葉を真っ先に連想させる気迫を纏いながら、狐面は俺たちを見据えている。

「何て言ってる？」

「……『交渉は決裂ですね』と仰っています」

クビワの翻訳が推測ではなく断定になった。

「――――」

狐面が懐から扇子を取り出す。それを目にした俺とミツネは今後の展開を察し、いつでも応戦できるように構えた。

「『心苦しいのですが、力尽くで奪わせていただきます』と仰っています……ッ！」

身構えた俺たちに対し、狐面は懐から取り出した扇子で、己の正面をゆるりと薙ぐ。

とても流麗で、舞を思わせる動作。

すると扇子の軌跡から青い人魂が二つ現れ、狐面の前方に浮く。

次の瞬間。その人魂が激しく燃え盛ったかと思うと、ふっと消えかかり――消えた炎の先から、狐面とまったく同じ姿形をした人物が二人現れた。

しかもその手には、それぞれ巨大な戦斧と薙刀を携えている。

それを目にしたミツネが薄く笑みを作った。ともすれば感心すらしているかのように。

「陰陽術……しかもかなり熟練された影分身ね。ただの通り魔にしてはやるじゃない？」

「はっ。どうりで三対一なのに正面から挑んでくるわけだ」

直後。狐面の分身が二体同時に、俺とミツネへ突貫してきた。

咄嗟にクビワが牽制の気弾を放つが、二体の影分身はそれを半身で回避。さらに薙刀持ちが俺へ、戦斧持ちがミツネへと肉薄してくる。

戦斧の相手はミツネに任せて、俺は向かってくる薙刀持ちに集中する。

繰り出された鋭い突きを、俺は上に跳んでよける。そのままカウンターで跳び蹴りを放ったが、狐面の影分身はこれを薙刀の柄で受け止めた。

——俺の思惑通りに。

「吹っ飛べッ!!」

俺は叫び、蹴り足にこめた魔力を一気に解放する。

直後に爆音。蹴り足から放たれた魔力は、ガードごと狐面の影分身を吹き飛ばす。

真っ直ぐに伸びる衝撃波の通過痕、その余波で砂煙が舞う。

……が、浅い。狐面の影分身は魔力の光に呑まれる瞬間、背後へ大きく飛び退くことでダメージを抑えたようだ。

「手応えなしか……げっ!」

地に足をついて、思わず声に出す。

すぐ真横を吹き飛ばされた分身が通ったというのに、狐面の本体が特に動じた様子もなく、手にしていた扇を構えたのが見えたのだ。

するとその扇は強烈な光に包まれ、一瞬にして大弓へと変貌。

さらに狐面は慣れた手つきで矢をつがえ、流れるような動作で射ってきた。

膨大な気がこめられた矢の一撃。それは鋭く、それでいて激しい光を纏い、まるで流星の尾のごとく大気を裂いて迫り来る。これは……ちょっとまずくないか!?

「飛べ！」

俺の短い指示に、戦斧持ちの相手をしていたミツネと、後方に控えていたクビワは矢の軌道から逃れんと上空へ飛んだ。

俺も彼女らと同時に、飛行魔法を発動しながら緊急離脱。

間一髪。俺たちが一瞬前までいた大通りが、破壊の渦に巻き込まれた。

矢の軌道をなぞるように引き起こされる暴力。通りに面していた建物は倒壊し、地面は大きく抉れ、尋常ではない砂塵が立ちこめる。繁華街の大通りが丸ごと消し飛んだのではないかと思われるほどの壊滅的な被害に、思わずぞっとする。

「マジか……ただの通り魔が放っていいレベルの威力じゃねーぞ、あれ」

もし人払いの結界が張られていなかったら、どれほど一般人の犠牲が出ていたか。

眼下に広がる街の光景に俺が言葉を失っていると、

「第二射、来ます！」

遥か後方に浮遊するクビワの忠告に、俺は眼下を見やる。

いまだ地上にいる狐面の本体が、上空にいる俺らに向けて二射目の矢を放っていた。

「チッ」

迫り来る矢を迎撃するため、咄嗟に魔力を全力で解放して構える。

が、その瞬間。俺たちの前に人影が躍り出た。

直後。ガギンッ！　と耳障りな音。

同時に凄まじい威力を誇った矢はその人影――ミツネが真横に伸ばした手で摑んでいた。

途端。矢に込められていた凄まじい量の気が行き場をなくし爆散。その余波が暴風となって繁華街の上空に吹き荒れる。

「……ちょっとできるからって、あんまり調子に乗るんじゃないわよ」

その暴風が収まると同時に、髪や衣類をはためかせていたミツネが、つまらなそうに吐き捨てる。その手に摑んでいる矢を握力だけでへし折りながら。

ミツネの奴……あの凄まじい威力を誇る矢を、文字通り片手間みたいに引っ摑んで止めやがった……さすが最強の吸血鬼、やることが無茶苦茶だ。

俺が内心でそんな感想を抱いた直後の出来事だった。大通りを覆っている土煙の中から二体の影分身が飛び出してきた。薙刀持ちと戦斧持ち。飛翔してくるそいつらは、さっきと同じように俺とミツネへ突貫してくる。

なるほど。狐面の基本戦術は大体読めた。

「まず影分身で相手に肉薄して足止め、その間に本体が後方からでかい一撃を入れる、か……くそっ。やりづれぇな！」

薙刀の一撃を受け流しながら毒づく。シンプルだが、だからこそ厄介な戦い方だ。

仕方ない。ここは強引にでも影分身を無視して、本体を狙いに行くしかない。

俺がそう考え、薙刀の突きを回避。そのまま影分身の脇を抜けて地上にいる本体のところへ向かおうとした時だった。

地上で弓を構えているはずの狐面の本体が、姿を消していた。

「は？　本体がいな……」

「秋人！」

「ッ、この！」

ミツネの短い指摘で気づく。

狐面の本体はこちらが影分身に気を取られているうちに死角に入り……俺と同様に本体を見失ったクビワの隙を突こうと、その後方から一気に地上を飛び立っていることに。

しまった……！　最初に本体が後衛をやっていたのは、この一瞬の隙を作るため！

分身が前衛で、本体は後衛。そう思った時には相手の術中にはまってしまっていた。俺とミツネがそれに気づいてクビワのところへ向かおうにも、影分身らが行く手を阻む。

「クビワ！　後ろだ！」

俺が忠告した時には、狐面は完全にクビワの背後を取っていた。

右手に死神の瞳を持ち、そして左手をクビワに向けてかざす。

やっと事態に気づいたクビワが目を見開いて振り返る。

――間に合わない。

――俺は、また助けられない。

そう思った途端、ふと昔の記憶が脳裏をよぎる。


人間を愛して、世界のために命を擲った吸血鬼。

そんな妹を誰よりも大切に想い、その死を嘆いた姉。


身を焦がすような後悔と、何もできなかった無力感。

瞬間。胸の奥が灼けるように痛んだ。

「ッ……邪、魔だァァアアッ!!」

感情に支配されるまま魔力を解放。行く手を阻む影分身を押しのけるように裏拳を放つ。

「!?」

影分身はそれを薙刀の柄で防御する……が、その衝撃を殺しきれず、そのまま吹き飛ばされ、繁華街に落下していった。

邪魔者がいなくなり、俺は音すらも置き去りにする速度で飛ぶ。

狐面が死神の瞳を用いて何かしらの術を起動する、その前に。

俺は何とか両者の間に体を滑り込ませ、狐面から庇うようにクビワの体を抱き留める。

「――あ、きと様？」

腕の中でクビワが呆(ほう)けたように俺の名を呼んだ、その瞬間……、
どくんっ、と全身を襲う不快感。

「っ」

狐面に手をかざされている背を中心に、全身の『何か』が根こそぎ奪われる感覚。

同時に、俺の視界は暗転した。


その光景をミツネは見た。

アキトがクビワを庇うように抱き留めた瞬間――彼の背に添えた狐面の手が、まるで墨(すみ)のように黒い靄(もや)に包まれたのを。

一瞬後。その黒い靄を纏った掌(てのひら)に引きずり出されるように、アキトの背から赤く明滅する球状の物体が現れた。

それと同時に、アキトの体がぐらりと揺らぐ。

「秋人！」

どうやら意識を失っているらしいが、それだけではない。戦闘中はあれほど苛烈(かれつ)に溢(あふ)れかえっていた魔力が、今の彼からは一切感じられなくなっている。

（……っ、あれが死神の瞳の魔力蒐集(しゅうしゅう)機能!?）

意識のみならず魔力をも失ったアキトは、そのまま抱き留めていたクビワを離し、力なく落下していく。

「っ、アキト様！」

墜落していくアキトを、我に返ったクビワが一瞬遅れて追う。

二人は狐面が放った矢の影響で、いまだ立ちこめている粉塵の中へと落ちていくが……その無事を確かめている暇は、ミツネにはない。

何故なら狐面の影分身が、ミツネに対して戦斧を振り下ろしてきたからだ。

「ッ」

しかしミツネは迫り来る戦斧を片手で掴んで止める。その握力が強すぎたのか、掴まれた戦斧の刃がひび割れていた。

その強引な白刃取りに虚を衝かれたらしく、一瞬、影分身の動きが止まる。

「邪魔」

ミツネが鬱陶しげに呟いた瞬間、彼女を中心として衝撃波が巻き起こり、狐面の影分身は一瞬にして遙か彼方へ吹き飛ばされていった。

そしてミツネは狐面の本体へと目を向ける。

――変化が起きた。

アキトから抜き取られた魔力の塊。狐面の掌の上で浮き、赤く明滅するそれが突如として爆散。周囲に赤く光る粒子となって飛び散った。

それは狐面を中心として瞬く間に広がり、全天を覆い尽くさんばかりの規模となる。

（これが秋人の魔力……？　空を覆い尽くすとか、相変わらず無茶苦茶ね）

ミツネが胸中で感心したのと同時に、アキトの魔力の拡散は止まった。

次に赤い魔力の粒子は金色に輝いたかと思うと、まるで映像の巻き戻しのように狐面へと集まっていく。

死神の瞳が、金色へと変貌した魔力を凄まじい勢いで吸い込んでいるのだ。

そうして空を埋め尽くす魔力をすべて吸い尽くした死神の瞳は、一度どくんっと脈打つように強く明滅した。

訪れる静寂。死神の瞳は今し方の激しい魔力吸収の様子とは打って変わり、沈黙している。

たださっきまでと異なる点が一つあった。

死神の瞳内にある紋様だ。映像資料で見た時はすべて黒、そして狐面が持って現れた時は九割が黒色で一割が金色といった具合だった。

しかしその紋様が今、七割ほどが金色に変貌している。

「……なるほどね。要するに紋様の変色は、吸った魔力の量を表わしてるってこと？」

「――――」

ミツネの言葉に、狐面は答えない。しかもどこからともなく二体の影分身がすーっと飛行してきて、本体の両脇についた。

「……はぁ。相手の出方をうかがっている間に手酷くやられちゃったわね」

一対三。この戦況を見てミツネは物憂げにため息をつきながらも、手で髪をなびかせる。

「さて、どうしたものかしら」

ミツネとしては相手の出方次第で、今後の方針が変わるのだが……。

そう考えた直後。二体の影分身がミツネへと突貫してきた。

「ふーん。やっぱり私の魔力も奪いたいってこと！」

ミツネは余裕の笑みを浮かべながら、迎え撃つように構える。

「でもね——私の見立てだとそろそろ頃合いだから、欲張らない方がいいわよ？」

自分に向かって飛行してくる影分身らに、ミツネは意味深に忠告する。

瞬間。虚空に突然現れた無数の魔法陣。

そこから出現した光でできた帯が、影分身らの全身を絡め取り、拘束した。

「っ」

その光景を見ていた狐面の本体が動揺したように体を揺らした。

ミツネは彼方に浮かぶ人影を見やる。その光の帯——いかなる者でも、たとえ古竜種であろうとその身を封じ、拘束する魔術具を『召喚』した者の姿を。

セリナだ。彼女は自前の杖をかざし、己を中心に無数の魔法陣を展開していた。

「シルヴィア、今だよ！」

セリナがそう呼びかけた、まさにその瞬間だった。

光の帯に拘束されていた影分身らが、横合いから超高速で飛翔してきた何者かに鋭く斬りつけられた。

「ッ」

突然自分たちを襲った斬撃に、影分身らは為す術もなく両断されていた。激しく損傷したため人型を保てなくなったのだろう。二体の影分身は姿が薄れていき、人魂に戻ったかと思うと、空気中に霧散する。

「ほう？　やはり幻影の類か」

影分身を両断した高速飛翔体――シルヴィアは、ミツネからやや離れた中空に停止した。クビワから連絡を受けた二人がちょうど目算したとおりの時間で駆けつけてくれたことに満足し、ミツネは微笑む。

「助かったわ、ありがと」

「いや、遅くなってすまない。人払いの結界を突破するのに手間取ってしまった」

「うん。間に合ってよかったぁ……」

と、いつの間にかミツネの近くまで来ていたセリナが首を傾げる。

「……しっかし貴女が召喚するあれ、相変わらずえげつないわね。何もないところからいきなり現れるからほぼ避けようがないし、絡め取られたら古竜種だって数時間拘束するし」

「え、えげつないとか言わないでよ……」

数年前までまともに飛行魔法も使えなかったあの見習い召喚師が、こうして自在に飛行しながらあれほどの魔術具を召喚するようになるとは……まだ実戦経験は乏しいとはいえ、末恐ろしい才能である。

その目を見張る成長にミツネが感心していると、セリナが周囲を見渡す。

「あれ？　アキトとクビワの二人は？」

「ああ、アキトなら魔力を奪われて地上に落下したわ。クビワはそれを助けに行った」

「えっ……そ、それって大丈夫なの!?　早く治癒(ちゆ)しなきゃ……」

「大丈夫よ」

血相(けっそう)を変えるセリナに対し、ミツネは苦笑しながら軽く肩を竦(すく)める。

「……『魔力を根こそぎ奪われた程度で』リタイアするほどヤワじゃないわよ、秋人は」

ある種の信頼がこもったミツネの言葉に、セリナがわずかに目を丸くする。

「――《勇気の御旗(ブレイヴハート)》ッ!!」

突如として地上から聞こえてきた雄叫び。

同時に、彼が土煙を吹き飛ばしながら凄まじい勢いで飛び上がってきた。

「ッ!?」

赤い極光を纏ったアキト。魔力ではない正体不明の不可思議な力を用い、眼下から急上昇してくる彼に、狐面は動揺を見せた。

アキトが上昇の勢いを乗せた拳を放つ。

それを狐面が身を逸らしてよけると、今度は回し蹴りを放った。

戦闘不能になったと思わせてからの、虚を衝く二連撃。

しかしそれすらも狐面は、背後に大きく退くことで回避する。

それをアキトは追撃せず、そのまま自由落下を始める。それもそのはずで、魔力を失っている彼は現状、飛行魔法が使えないのだ。この上空まで到達できたのは《勇気の御旗》の凄まじい身体強化で跳躍しただけにすぎない。

が、

「ミツネッ！」

「――ええ。よくやったわ、秋人」

「ッ！」

落下しながらのアキトの合図に対して、狐面の背後を取ったミツネが応じる。

アキトの戦線復帰からの大振りな攻撃は陽動。

狙いは、彼の攻撃を回避しきった狐面の隙をミツネが突くこと！

「食らいなさいッ！」

「ッ」

ミツネは五指に込めた魔力を極限まで研ぎ澄まし、まるで鉤爪で引き裂くように振るう。

刹那。鮮血を思わせる赤黒い魔力が荒々しい斬撃波となって、狐面に襲いかかる。

爆音と斬撃音が混ざったような激しい轟音。斬撃波を狐面が受けた瞬間、苛烈な爆炎が生まれ周囲を巻き込む。

「……ふん。よく避けたわね」

ミツネが不満そうに呟く。

と、爆炎から一つの人影が緊急離脱するように飛び出した。

狐面だ。その白い装束の袖が裂け焦げているが、本人にダメージはないようだ。

こちらと距離を取り、警戒心を滲ませる狐面に、ミツネはふっと顔を綻ばせる。

「ま、いいわ。今の目くらまし程度で倒せると思ってないし」

「――――」

「そもそも私たちの目的は『こっち』だものね？」

言いながら、ミツネはその手に握っている『もの』を自慢げに見せつける。

それは、死神の瞳だ。

「ッ」

「こうして盗られたくないなら、体の周りにふわふわ浮かせてないで、懐にでも大事にしまっておきなさいよ。不用心ね」

動揺している狐面をからかうようにミツネは笑う。

「さすがミツネですね。世界最強の吸血鬼ともなれば、スリの腕も世界一です」

「……あのね。こっちは頼まれてやってるんだから、もっと普通に褒められないの？」

「あ、あら？　私はちゃんと褒めているつもりなのですが……死神の瞳の奪還は、本当なら私が隙を突いてやるつもりでしたし」

後ろからの聞き慣れた声に、ミツネは背後を一瞥しながら顰めっ面で反論する。

セリナやシルヴィアとチームを組んでいたシヅキだ。どうやら二人と一緒に駆けつけていたらしいが、死神の瞳を奪還する機会を窺うため、今まで身を隠していたらしい。

「ま、別にいいわ……それで、アナタはどうするの？　続ける？」

ミツネは面倒そうに狐面に尋ねる。言外にセリナたちをうながしながら。

数の優位はこちらにあるぞ、と。

「――――」

己の不利を察したのだろう。狐面はいつの間にか手にしていた扇をゆるりと振った。

扇から現れる青火。最初は火の粉くらいの規模だったそれは突如として勢いよく燃え盛り、狐面を包み込む。

次にその火が消えた時、狐面の姿は跡形もなく消えていた。

「……見逃して大丈夫だった？」

「ええ、深追いは禁物です。それよりアキトさんの安否を確認しないと」

シヅキの言葉にミツネは軽く頷き、アキトが落下していった地点へ下りていく。

そこにはちょうど《勇気の御旗》を解除したアキトと、それに付き添うクビワ。そしてミツネたちよりも先に降り立っていたセリナとシルヴィアがいた。

ミツネに、アキトが尋ねてくる。

「死神の瞳は？」

「ちゃんと取り返したわよ。ほら」

手に持っている死神の瞳を見ると、アキトは満足げに笑う。

「そか。それならちょっと無茶した甲斐があったな」

「無茶？」

ミツネが眉を顰めると、アキトがにかっと笑った。

「んじゃ、ふっかふかのベッドまで運搬よろしく」

「え？　アキト、運搬ってどういう……？」

「あっ。気を失ってる間はセリナが優しく添い寝サービスしてくれると嬉しいです」

「そ、添い寝……？」

やたらと爽やかに笑う彼に、セリナが戸惑って首を傾げた時だった。

だくっ、とアキトの額から血が流れる。

続いて彼は、バターンッ！　と勢いよく前のめりにぶっ倒れた。

「あ、アキト――ッ!?」

悲鳴じみた驚愕の声を上げながら、セリナが倒れたアキトに駆け寄る。

その様子を見ていたクビワが、無表情のまま首を傾げる。

「魔力を失っているのに謎の力であの高度まで跳躍、そのまま地上まで自由落下して着地……やはり結構な無茶をしておられたのですね」

「ああ。しかし正直なところ、アキトならばそれくらい余裕でやってのけると思っていただけに少し意外だ。アキトも人の子だったのだな」

「クビワもシルヴィアも冷静に分析してる場合じゃないでしょ!?　は、早くアキトをふっかふかのベッドまで運ばないと！」

「承知いたしました。それでは保安機構の総力を結集し、早急に添い寝用のセクシーなネグリジェを用意します」

「そ、それは別に用意しなくていいからっ!! そんなのに一組織の総力を結集しないで!」

クビワの本気かどうかもわからない言葉に、アキトが倒れたことでテンパっているセリナは真っ赤になって反論する。

途端にぎゃあぎゃあと騒がしくなる一同。死神の瞳という超ド級の厄ネタに関わり、恐ろしいほどの腕を誇る通り魔と一戦交えた直後とは思えない緊張感のなさ。

「……まったく。もうちょっとシャキッとできないのかしら」

その呆れるほど平和な騒がしさを見守りながら、ミツネは手の内にある死神の瞳を弄びながら苦笑するのだった。

——柔らかくて、めっちゃいい匂いがする。

その感触をもっと確かめたくて、俺は『それ』をぎゅっと抱き寄せた。

「ひゃんっ」

「ん?」

その可愛らしい声に目を開ける。

セリナがいた。目と鼻の先に。

「あ、アキト……そんなに抱き締められると……っ」

「…………」

顔を火照らせているセリナをまじまじと眺めながら、ぼんやりする頭で現状を確認する。

どうやら俺は今、和風の客室みたいなところに敷かれた布団の中にいるらしい。

そしてセリナはそんな俺に添い寝していたようだ。

ふと、視線を彼女の下方向へ向けてみる。

そこで気づく。セリナがめちゃくちゃセクシーなナイトウェアを着ていることに。

基本的には黒色のワンピース型で肌触りのよさそうな生地である。しかもそれはやや透けていて、セリナの柔らかそうな肌や下にはいているショーツがうっすら見える。

ほらあれだ。俗にベビードールとか呼ばれる、そういう類のやつだ。

「ぁ……は、恥ずかしいから、そんなにジロジロ見ないで……っ！」

こういった扇情的な格好をしていながら、しかしセリナは羞恥で頬を赤らめている。

そのギャップを息のかかる距離で目の当たりにした俺はというと、
もうちょっとだけ強めにセリナを抱き締めてから、目蓋を閉じた。


「えっ!?　あ、アキト！　何で二度寝体勢に入ったの!?」

「そりゃお前、目が覚めた時めちゃくちゃセクシーな服を着たセリナが添い寝してるっていうシチュエーションに遭遇したら、思う存分堪能しにかかるだろ」

「だ、ダメだよ！　アキトが起きたら報(しら)せてってシヅキさんに言われてるんだから……そ、それにこの服は私の意志で着たわけじゃなく、クビワが勝手に用意して……っ！」

「わかってるわかってる。いやー、あのセリナが俺のためにこんなえっちな服をねー」

「全然わかってないじゃん！　ち、違うからねっ。私、こういう服を進んで着るようなえっちな子じゃ……ちょっとアキト聞いてるっ!?」

その後、セリナが恥ずかしさのあまりか連続はにかみ発言装置と化してしまったので（それを眺めるのもそれはそれでよかったが）仕方なく起床し、シヅキさんを呼ぶことになった。

程なくして俺のいる客室に集まるいつものメンバー。

それにシヅキさんとクビワも加えて、皆、布団から上体を起こしている俺の脇に座った。

「っ」

ちなみにその中には当然セリナもいるのだが、その顔はまだ若干(じゃっかん)恥ずかしそうに赤らんでいるものの、もういつもの服に着替えていた。

着替えて、しまっていた……ッ！

「おはようございます、アキトさん。お身体(からだ)の方は……あら、どうされました？　そんなに塞(ふさ)ぎ込まれて」

シヅキさんが話を進めようとしたが、盛大に項垂(うなだ)れている俺を見て心配そうな顔をする。

「やはりまだどこか調子が悪いのでしょうか？」

「や、そういうことじゃなくて……着替えちゃったなーって」

「当然ですっ。ここでまだあんな格好してたら、本当にただのえっちな子でしょ！」

俺の返答に、セリナが耳まで真っ赤にしながら割り込んできた。

「確かにそうなんだけど、そう簡単には割り切れねーよ……セリナのあの姿をもう見られないなんて……っ！」

「何か過去に失ったものを悔やんでるような、感じのいい台詞風に言ってるけど、ただセリナのえっちな格好を見たいだけよね？」

ミツネが冷めた視線が突き刺さる。

バカヤロー。普段は清楚なセリナがあんな姿をするのがどれだけ貴重だと思ってんだ。

「ご安心くださいアキト様。あの服はさし上げますので、後日存分に堪能してください」

「あ、そう？　ならいいや」

「アキト!?　もらっても着ないからね!?」

「………………」

「そんな目で見ても着ません！　き、着ないったらっ……着ないからね？」

「ふむ。そっかー、着てくれないかー。じゃあ仕方ねーなー」

「アキト。私には『この感触……後でめっちゃ頼み込めば着てくれる感じだな、よしっ！』といった顔になっているように見えるが？」

「そうやって師匠の本心を読み取るの、俺よくないと思うナー」

「あの……そろそろ本題を入ってもよろしいでしょうか？」

シヅキさんの苦笑混じりの発言に、俺たちは騒ぐのをやめて静かにする。

「まずはお礼を。この度はまことにありがとうございます。皆さんのご協力のおかげで死神の瞳を確保することが叶いました」

シヅキさんの真摯な言葉を俺たちは黙って聞き入る。

「ただ……私どもが相手の実力を見誤ったせいで件の通り魔を取り逃がしたばかりか、アキトさんが魔力を奪われてしまいました。しかもそれはクビワを庇っていただいた結果だと聞いております。何とお詫びしたらよいか……」

「あー、別に気にしなくていいって」

申し訳なさそうにするシヅキさんに、俺はパタパタと手を振る。

「確かに今は魔力がスッカラカンだけど。たぶん数日もすれば全快すると思うし」

「恐ろしい回復力だと判断します。本来魔力をすべて失った場合は回復に数カ月、長ければ年単位の月日が必要なはずですが……聞きしに勝る化け物ぶりです。アキト様は本当に人類なのでしょうか」

「クビワさん？　もうちょっと言葉選んでくれないと俺傷ついちゃうよ？」

さすがにクビワの物言いがストレートすぎて、俺ちょっと涙声だよ？

　と、俺の言葉を聞いたクビワが――ほんのわずかに目を丸くした。

「それは……失礼しました。気を遣わなくていいとのことでしたので、なるべく率直に振る舞ったほうが、アキト様が喜ばれるかと思ったものですから」

　クビワは無表情のまま、わずかにうつむく。

「？」

　何だ、クビワのやつ。やけに殊勝というか何というか……まあ結果は別として、話を聞く限りでは俺を喜ばせようとしてる？

　そういやセリナのセクシーな服もクビワが用意したって話だし。一体どうしたんだ？

「ま、ともかく俺の魔力については俺が油断したせいだから気にしないでほしい。そう申し訳なさそうにされると、逆にやりづらいし」

「アキトさんにそう言っていただけると、私たちとしてはありがたいのですが……実はそれによって厄介な事態を招いてしまっていて」

　歯切れの悪いシヅキさんに、俺は首を傾げる。

　すると今まで黙っていたミツネが、シヅキさんの説明を引き継ぐように言った。

「貴方のバカみたいな魔力を吸ったことによってね、死神の瞳が儀式に必要な魔力量をほぼ満たしちゃったのよ」

「は？」

「あの狐面の通り魔が数カ月かけて集めたのが、大体儀式に必要な量の一割くらい……けど今回それに秋人の全魔力が加わって、たちまち七割くらいまで到達したみたいよ」

「え、マジ？」

それって……ちょっとやばくないか？

「お祭しの通り、相手はこの好機を逃さないでしょうね」

ミツネがやれやれと言わんばかりに肩を竦める。

「死神と契約するために研究施設から秘宝を盗みだし、通り魔までする連中ですもの。大幅に儀式達成に近づいた死神の瞳を、必ず奪い返しにくるでしょうね」

「ま、そうだろうな」

直接言葉を交わしてはいないが、あの狐面が纏っている雰囲気はただ事じゃなかった。

一度死神の瞳を手放したからって、諦めるような奴じゃない。

俺がミツネの言葉に頷くと、今度はシヅキさんが口を開く。

「死神の瞳はここ、保安機構・本部で厳重に保管しますが……しかし相手はただの通り魔ではなく、ミツネやアキトさんと渡り合えるほどの達人とわかりました。お恥ずかしながら、そんな相手になりふり構わず攻めこまれた場合、保安機構の守りだけでは心許ない……というのが長官である私の正直な見解です」

「……なるほど」

シヅキさんの苦しげな表情に、思わず俺も重苦しく頷く。

「だからね。しばらく私たちがここに残って、死神の瞳を守れないかなって話してたの」

と、セリナがそんな提案を口にした。

ああ、そういう流れになっていたのか。

話の本筋を理解した俺に、シルヴィアが改まったように確認してくる。

「あの通り魔を捕まえるまでということだが……アキトもそれで異存はないだろうか？」

「俺は別に構わねーよ、乗りかかった船だし」

「そうか。なら決まりだな」

「むしろミツネはいいのか？」

俺が尋ねると、ミツネは澄ました顔で言う。

「ええ。このまま放り出しても寝覚めが悪いもの」

ああ、これは聞くまでもなかったか。ミツネは何だかんだいって面倒見のいい姉御肌気質なところがある。一度関わると決めたことを途中で放り投げるような真似はしない。

「皆さん……本当にありがとうございます」

シヅキさんがそう言って頭を下げる。

その微笑みには協力することを快く承諾した俺たちへの、心からの感謝が宿っていた。

そうして話の流れが和やかな雰囲気で纏まりかけていた時、ふとミツネが悪戯を思いついた子供のようににやりと笑った。

「ま、死神の瞳を守るっていってもー？　強さだけが取り柄だった秋人は魔力を全部奪われてほぼポンコツだけどー？　果たして役に立つかしらー？」

「お、おいおいポンコツは言いすぎだろ？　魔力がなくたって召喚特典能力があるんだし、まだまだいけますぅー。余裕で戦力になりますぅー」

「あら、本当？　いざ狐面と戦って負けた時、体調不良を言い訳にしたりしない？」

「お、お前……俺が弱体化したからって、ここぞとばかりに強気だな!?」

どうやらミツネは俺のからかいポイントを見つけてご満悦のようだ。

でも若干本当のことだけに反論できない……く、悔しい！

「だ、大丈夫だよアキト！　ミツネはああ言ってるけど、アキトには強さ以外にもいっぱいいいところあるから。そういうところで挽回していこ？　ね？」

ミツネにからかわれてぐぬぬとなっている俺を、セリナがフォローしてくる。

「ホントに？　例えばどういうとこで挽回すればいい？」

「え？　えっと、それはその……じ、実は思ってた以上に背中が大きかったりするとことか、私が作ったご飯を本当に美味しそうに食べてくれるとことか、普段は飄々としてるのに、私が落ち込んでたりするとすぐ気づいてくれるとところとかで……」

「すまんセリナ。それらをどうやって通り魔との戦いで活かせばいいか、俺にはまったくプランが思いつかないんだけど」

「というかセリナ、それはただの惚気になっていないか？」

「ええ。単純に『私が恋人の好きなところ』よね、あれ……」

セリナの天然発言に、俺とシルヴィア、ミツネが呆気に取られる。

「アキト様の体調不良についてはご心配に及びません。こちらで何とかいたします」

その時だ。俺たちの会話を聞いていたクビワが、こっちを安心させるように言う。

無表情ではあるが、何やら自信ありげな様子だ。どうやらそれだけの根拠があるらしい。

「もしかして、何か解決法でもあるのか？」

「はい」

クビワは頷き、淡々とした調子で続けた。

「アキト様の魔力が元に戻られるまで、わたくしが身の回りのお世話をいたします。もちろん付きっきりで」

「「「……はい？」」」

クビワが口にしたその予想外すぎる解決策に、俺たち全員が素っ頓狂な声を出す。

……というか何か解決してるか、それ？

三話　記憶を癒す温もり

I will have
my 11th reunion
with her.

目にも留まらぬ鋭い連続剣技が、俺に襲いかかってくる。

「く、お……ッ！　ちょ、タンマタンマ！」

俺はそれを何とかギリギリでかわし、転がるようにして横に跳ぶ。その勢いのまま受け身を取って起き上がった。

「タンマはなしだと稽古前に決めただろう！」

すると剣技を放った相手——シルヴィアは疾風を連想させる軽やかな動きで、距離を取ろうとした俺にあっさり追走してきた。

クッソ……相変わらず速えなんてもんじゃない！

しかもシルヴィアの奴、心底楽しそうにしながら恐ろしい剣撃を放ってくるし！　いくら刃を潰した訓練用の模擬剣とはいえ、当たり所が悪ければデスりそうな勢いなんですけど!?

「だ、この……ッ！　飼い主にじゃれつく大型犬みたいな無邪気さで、磨き抜かれた剣技を繰り出すんじゃねーよ！」

「大丈夫！　私の師はたとえ魔力がなくとも、私の剣技を捌きききるくらいわけないはずだ！」

「俺に対するその絶対の信頼は何なの!?」

時刻は昼食前。場所は保安機構の訓練場。

縁側に面し、広い中庭のようになっているそこで俺とシルヴィアは軽い稽古をしていた。

まあ『軽い』と言っても、それはシルヴィア側の話であって、俺は超必死だけども。

この稽古は魔力がスッカラカンになっている俺に合わせ、シルヴィアには相当な手加減をしてもらっているのだが……それにしたって彼女は世界の命運を担う勇者だ。たとえ手心が加えられていたとしても、その達人級の剣技は充分脅威なのであった。

「ほら秋人、よけてるだけじゃ何にもならないでしょ」

と、横合いからそんな声が聞こえてきた。

襲いくる剣撃を必死によけながらチラリと視線を向ける。

するとそこには縁側に座って俺たちの稽古を観戦しているミツネとセリナがいた。

「逃げてばかりいないで反撃しなさい」

「ファイトだよ、アキト！」

「簡単に言ってくれるよな、ホント……ッ！」

魔力がない一般ピーポー状態の俺では、いくら《ブレイヴハート》の強化があるとはいえ、シルヴィアの凄まじい剣技はよけるだけで精一杯だっつーのに！

「仕方ねえ……あんま使いたくなかったんだけど！」

俺はシルヴィアの剣技を大きく後ろに跳んで回避。一旦仕切り直すように後退した俺を、シルヴィアは逃がすまいとばかりに追走してくる。

ここだ！

「――来い、《ケルベロス》！」

その雑な召令呪文と同時、俺の右手首に幾何学的な紋様の魔法陣が出現する。

そうして現れたのは、青い水晶が埋め込まれたブレスレットだ。

「むっ？」

それを見たシルヴィアがわずかに目を見開く。

転瞬。ブレスレットが目映いスパークを放つと共に変型。近未来的なデザインをした装甲やパーツが追加で出現し、それらは一瞬にして俺の腕を纏うように組み上がりボルトオン。

出来上がったのは、右腕にのみ装備されたガントレットだ。

見た目的には明らかにファンタジーというよりSF世界の産物。

シルヴィアがキラキラと目を輝かせる。まるで必殺技を目にした子供のように。

「もしやそれは召喚特典能力か!?　何回目の時のものなんだ!?」

「二回目の時のやつだ！」

「なるほど！　私の記憶が確かならば、錬金術の世界と言っていたな！」

それは魔法を科学的に再現できる《錬金術》が発達した世界において、魔法発動に欠かせない《錬金魔杖(アーティファクト)》の中でもチート級の代物(しろもの)。

その銘(めい)は――《三千の顔を持つ狂犬(ケルベロス)》。

シルヴィアに言ったとおり、俺が二回目に召喚された世界で得たチカラだ。

「ふむ。どんな能力が備わっているか楽しみだ！」

シルヴィアがわくわくを抑えきれないとばかりに叫ぶ。師匠(ししよう)のチカラを見てはしゃぐのはいいが……それでと同時に凄まじい突きを放つのはやめてほしいね、ホント！

俺はシルヴィアの刺突(しとつ)を半身でかわし、ケルベロスを装備した右腕でクロスカウンター気味に拳(こぶし)を打ち下ろす。

「オラァッ！」

轟音(ごうおん)。ケルベロスを纏った拳は、その拳圧(けんあつ)だけで地面を砕(くだ)き、大きな陥没(かんぼつ)を生む。

……もちろん、拳圧が地面に直撃したということは、俺の攻撃がシルヴィアに当たらず、空(から)振(ぶ)ったということだ。

姿を消したシルヴィア。その行き先は――後ろか！

「せいッ！」

どうやら縮地(しゆくち)系の魔法を使って、俺の攻撃を回避したと同時に背後を取ったらしい。

「なっ……！」

俺が振り向きざまに放った『斬り払い』に、シルヴィアが驚愕する。

それもそのはず。何故ならさっきまで俺の武装は召喚したガントレットだったはずなのに、突如として両刃の大剣を握っていたからだ。

「……？　手甲がない？」

俺の大剣による斬撃を己の剣で真正面から受けたシルヴィアは、そこで察したようだ。

俺が大剣を手にすると共に、右腕のガントレットが消えていることに。

「なるほど。その武具は姿を変えるのか！」

「ご明察！」

あらゆる形状に変化できるアーティファクト。それがケルベロスだ。

俺はさらに大剣となっているケルベロスをパーツに分解。瞬時に再構築。

部品の種類、数、質量などをまったく無視したトランスフォーム。

次の瞬間。ケルベロスは日本刀に姿を変える。柄や装飾はＳＦチックながらも、刀身には見事な直刃の刃文。それが右手と左手にそれぞれ一振り……つまり二刀。

「オラ！」

「ハアッ！」

そのまま幾度も交わされる剣戟。激突した武器同士から火花が散るほど激しい攻防。

その間にもケルベロスは姿を変え続けた。二刀から槍へ。槍からサーベルへ。

さらに十手、メイス、弓、盾、クナイ、巨大手裏剣、パイルバンカー……ケルベロスをありとあらゆる武器に変えてはシルヴィアと打ち合う。

最後に再び大剣に姿を戻し、ガギィンッ！　と一度激しく剣撃をぶつけあった後、俺たちは仕切り直すように距離を取った。

「はい、そこまで」

と、そこでミツネが稽古終了の合図を出す。

「ふぅー、ありがとうございました」

「うむ。ありがとうございました」

挨拶を終えた後、俺たちはミツネとセリナがいる縁側へと歩み寄る。その間、シルヴィアはキラキラと期待に満ちた目を、俺が肩に担いでいる大剣型のケルベロスへ向けていた。

「己が扱いたい武器に姿を変えるとは、素晴らしいな！　それ一つでどんな状況にも対応できるではないか！」

「まあバイクとか車とかにも変型できるから、武器限定っつーわけじゃないけどな」

「ばいく……？」

「ああ、そういう名前の乗り物のこと」

「ほう、乗り物にまでなるのか。そんなに便利なものを、何故今まで使わなかったのだ？」

「あー、確かにケルベロスはすげー優秀なアーティファクトなんだけど……」

言葉を濁した俺に対し、シルヴィアが首を傾げた、その時だった。

『きゃー、マスター！　お久しぶりですぅ！』

大剣状態のケルベロスから、女性の猫撫で声が発せられた。

『もうマスターったら！　最近ご自身がお強くなりすぎたせいで、全然わたくしを呼んでくださらないんですから。ケールぅ、寂しかったぞ？』

「何と」

「わっ。剣が喋った……？」

それを聞いたシルヴィアとセリナがぎょっと目を見開いた。ちなみにミツネはすでにこいつのことを見知っているため「出たよ……」といった呆れ顔になっている。

「まあこんな感じで、ケルベロスは自我を持ってる例外中の例外のアーティファクトなんだけど……聞いてのとおりうるさいんだよ、こいつ。だからあんま呼びたくないんだ」

『いやんいやん。せっかくお会いしたのに第一声がうるさいだなんて、マスターは女の子に対して冷たすぎませんか？　あっ。でもぉ？　そういうマスターのいけずなところもぉ、ケールは素敵と思ってお慕いしておりますよ？　きゃ、言っちゃいました！』

「あ、あはは。元気な……人？　なんだね」

現れたと思ったら怒濤のマシンガントークをかますケルベロスのキャラの濃さに、セリナが反応に困って苦笑を浮かべていた。

『あら？　もしや貴女様は……マスターとお付き合いしているセリナさんでございましたね？　これはこれはお初にお目にかかります。不肖わたくし、マスターの杖なんかをやらせていただいております、ケルベロスと申します。どうぞ気軽にケールとお呼びくださいませ』

「あっ。初めまして、セリナ・フィアースです」

「シルヴィア・ユニーテルだ。以後よろしく頼む」

「久しぶりね、ケール。何というか……相変わらずよね、貴女」

『むむ？　マスター、この状況は何なのですか⁉　久々に呼び出されたと思ったらわたくし以外の美少女に囲まれている始末！　セリナさんという恋人がありながらハーレムルートに突入だなんて言語道断でございましょ！』

「何だハーレムって。シルヴィアもミツネも、別にそういう関係じゃねーよ」

『はっ⁉　もしや適度な稽古でスポーティな汗を流しているこの状況！　何やかんやで皆さんご一緒にシャワーを浴びに行き、そのままお風呂場でくんずほぐれつのハレンチ濡れ場シーンに突入する流れでは⁉　もっと直接的に表現するなら、男一女三の乱k――』

「じゃーなケール。とりあえず助かったわ」

『きゃー！　冗談でございますよマスター！　今のはただ、ちょっとした下ネタもいける女子アピールというだけで、別に本気なわけでは――』

可愛らしいボイスで騒ぎ立てる大剣型のケルベロスを無理矢理送還する。慈悲はない。だっ

てあいつが口走ったのはちょっとした下ネタじゃなくて、かなりドギツい下ネタだったし。

「ったく、何であんなにうっさいかな。人型になって黙ってりゃ美人なのに……残念美人ってあいつのためにある言葉だな、ホント」

「まあまあ、そんなに邪険にしなくても——待ってアキト。人型になると美人って何⁉　ケールって人になれるの⁉」

「そんで一通り手合わせしたけども。結局どんなもん？」

ケルベロスとは違う方向性でうるさくなったセリナをスルーし、俺はシルヴィアに問う。

するとシルヴィアは腕を組み、難しい顔をする。

「うむ。さすが私の師というべきか。おそらくだが、件(くだん)の通り魔が現れたとしても、それなりに対抗はできるとは思う」

「ええ、そうね。やり合うとまではいかなくても『援護が来るまで耐える』とか『仲間のところまで逃げる』くらいはできるんじゃないかしら」

「なるほどな。ま、今の状態であの達人から逃げ出せるってんなら上出来じょーでき」

「むしろ魔力がない状態であれだけ戦えるなんて、秋人の能力って本当に反則揃(ぞろ)いよね。いい加減にしてほしいわ、まったく」

「ふっふっふ。まあそれほどでも？」

「何で自慢のコレクションを褒(ほ)められたみたいに上機嫌なのよ……私は呆れてるんだけど？」

満足げに笑う俺に、ミツネが疲労感を吐き出すようにため息をつくのだった。

そもそもどうして俺は魔力がない状態でこのような稽古をしているのか。

簡単な話、件の通り魔が死神の瞳と共に俺を狙ってくる可能性があるからだ。

死神の瞳は俺の魔力を吸って、儀式に必要な量の七割までクリアした。

それを通り魔が奪い返そうと画策するのは当然だが……加えて、残りの必要魔力も蒐集しようとするのではないかとも考えられるのだ。

つまり――一刻も早く必要量を満たそうと、俺の魔力を再び狙うかもしれない。

『ま、秋人の魔力量が尋常じゃないってのは向こうにもバレてるわけだし。それを狙ってくるのは当然でしょうね』

ミツネはそう語った。

『貴方の魔力がある程度回復するまで待って、死神の瞳と一緒に奪いに来るか、それとも魔力がない貴方を攫って拘束しておいて魔力回復を待つか……どちらせよ、秋人は魔力なしの状態で戦う準備をしといた方がいいってことね』

そんなミツネの意見があったからこそ、こうして魔力なしの状態でどれだけ戦えるか確認するため、シルヴィアに一戦お願いしたわけだ。

「ふぅー。結構激しく動いたから暑いな」

そんな力試しも終わったので、俺は縁側に腰を下ろし、タオルで汗を拭う。

俺の言葉を聞いたミツネが、ふっと笑った。

「そうね。イネヅミの月も終わりかけてるのに、お昼はまだ気温が高いわ」

「イネヅミの月？」

おそらくそれは、この世界特有の暦の名称なのだろうが、どういう時期を表わすのかまではわからなかった。

「季節で喩えるなら夏はもう終わって、秋に入りかけてる辺りかしら」

「秋に入りかけねぇ。そういや俺が前にこの世界に来た時も、これくらいの季節だったか？」

「――ええ。あの時もこんな感じで、秋なのに夏の匂いが残ってたわ」

ミツネは季節の変わり目を楽しむように、雅な微笑みを浮かべる。

まるで遠い記憶に思いを馳せるように温かく、しかしそれ以上に寂しげな笑み。

その見惚れるほど美しい横顔を――何故か俺は見ていることができず、視線を外す。

「……」

「アキト？」

俺の様子がおかしいと気づいたのだろう。セリナが心配そうに声をかけてくる。

……どうして思い出に耽るミツネを見て、こんな後ろめたさなんて抱いたのか。

気づいてしまったのだ。寂しげに微笑むミツネの横顔を見た瞬間に。

この美しい吸血鬼が思いを馳せている過去の情景には――彼女の妹がいるのだと。

「ところで秋人。貴方にちょっと確認しておきたいことがあるんだけど」

だからだろう。ミツネが話題を変えたことに、俺は内心ほっとしていた。

「貴方、さっきの稽古中に能力を使ってたけど、他にはどんなのがあるの？」

「他の能力？」

「ええ。死神の瞳を守るにあたって、貴方の能力はできるだけ知っておきたいのよ。私、貴方が六回目以降の召喚で手に入れた能力を知らないから」

「ああ、私もそれは知りたい」

ミツネの提案にシルヴィアがわくわくした様子で同意する。おそらくさっきの稽古中に俺のチカラの一つである《ケルベロス》を見たことで、好奇心に火が付いたのだろう。

「特にセリナに召喚された時……つまり十回目と十一回目の召喚ではどんな能力を得たのか、実はずっと気になっていたのだ」

「ああ、それ」

シルヴィアに問われた俺は、にやりと自慢げに笑う。

「ふっふっふ。仕方ねーなー。本当なら召喚特典能力は俺の切り札的な扱いだから？　おいそれと教えられないんだけど？　弟子にそこまで言われちゃ教えるしかねーなー？」

「貴方、案外ちょろいわね……」

「うっせ。ま、自分で言うのもあれだけど、十回目と十一回目の能力は結構凄いぞ？」

「へえ。存在がチートみたいな貴方が言うんだから、さぞかし凄いんでしょうね」

「まーな。能力の内容がわかったのはつい最近だけど」

「そうなのか？　新しい能力を得たとなれば、すぐにも調べたくなりそうなものだが」

意外そうにするシルヴィアに、俺は「ああ」と頷きながら立ち上がる。そして縁側に座っているみんなの方を向き直った。この立ち位置のほうが能力を発表しやすいからだ。

「最初にセリナに召喚された時は使う機会がなかったから、別に調べなくていいかなって思ってたんだよ。でも再召喚されてしばらく経ってから『せっかくだし能力内容は把握しておく？』って流れになってさ」

「なるほど。それで調べてみた結果、かなり凄い能力だと気づいたと」

「そういうこと。あ、セリナ。ちょっと俺の近くに立ってくれる？」

「うん。わかった」

縁側から立ち上がって隣に並ぶセリナに、俺は軽く手をかざす。

その様子をシルヴィアとミツネは好奇心に満ちた目で眺めていた。

「んじゃ行くぜ……よっ」

二人の視線を受けながら、俺はそのチカラを発動させた。

すると、今までと違った大きな変化が――現れるわけではない。

「？」

「秋人。今、何かしてる？」

変化が見受けられない光景に、シルヴィアとミツネが同じ方向に首を傾げる。

「ちゃんと能力を使ってるよ。ほら、よく見るとセリナがふわふわした光を纏ってるだろ」

「む。確かに」

「それで、その光にはどんな効果があるの？　さっきの口振りからすると相当凄いチカラなのよね」

「そう焦るなって。セリナ、説明してやってくれ」

俺がうながすと、セリナは軽く頷いてから、

「――私、今すっごく癒やされてます」

「「？」」

シルヴィアとミツネはわけがわからないといった顔になった。

そんな二人に、セリナはほわほわと気持ちよさそうな表情で言う。

「何て言うのかな。普段の疲れがまるっと癒やされるというか、身も心もリラックスしてるというか。とにかくこの光に包まれると、とっても気持ちいいの。えへへ」

「ふっふっふ。どうだ？　すげーだろ」

「……あの、ごめんなさい。つまりどういう効果なのかしら？」

んだよ、察しが悪いな。

仕方ない。この素晴らしいチカラを委細漏らさず説明してやろう。

「つまり十個目の召喚特典は『セリナを癒やすチカラ』だ」

「セリナを癒やすチカラ？」

「簡単に言えば十回目は『セリナの寂しさを癒やすため』に召喚されたから、こういう能力を手に入れたみたいでさ。効果は『セリナの身も心も癒やせるヒーリング』だ」

「……えっと。『セリナの』ってことは、そのヒーリングはセリナ限定かしら？」

「おう。セリナの肉体的な傷も治せるし、精神的な疲れも癒やせる。ちょっと試した限りだと魔法的なバッドステータスも問答無用でディスペル可能な優れものだ」

「……それだけ？」

「バッカお前、それだけじゃねーよ。他にも心身をリラックスさせる匂いや、勉強や仕事に最適な集中効果をうながす匂いなどなど。その時のセリナの気分に応じた各種の香りを取り揃えており、いつでも出せるようになっております」

「何通販みたいなことを自慢げに語ってるのよ、この人間アロマキャンドル。セリナにしか効果がないなら、結局はものすっごく限定的じゃないの、それ」

ミツネが呆れ顔でばっさり切り捨ててきた。

おかしい。この凄さが伝わらないとは一体どういうことだ。

「なるほどな。では十一回目の時は、どんな能力を手に入れたのだ？」

と、シルヴィアもあっさり次の能力の話題に移行させようとした。

どうもこの十番目のチカラの凄さが伝わってないみたいだし、俺としてはもっと語って聞かせたかったが……仕方ない。それはまた今度にしよう。

「あー、十一回目のは少し特殊なんだよな。何て説明したらいいんだろ……んー、これに関しては俺のチカラっつーより、セリナのチカラってことになるというか」

「アキトではなく、セリナのチカラ？」

シルヴィアが不思議そうに俺の言葉を繰り返す。

「ああ。能力自体は確かに俺の中にあるんだけど、発動タイミングが俺の意志じゃなくてセリナの意志なんだ。だからセリナのチカラって言ったほうが正しい気がするんだよね」

「……まだるっこしいわね。結局どういう能力なの」

ミツネがその先の説明を求める。

うん。確かにこれは能力の内容を明かしたほうが早いな。

「つまりだな。十一番目に手に入れた能力は……」

「──やっと見つけました」

その時だった。今の俺にとって一番聞きたくない声がした。

おそるおそる声がした方に視線を向ける。

「げっ」

するとなかにわ中庭の出入り口があるところから式神（しきがみ）の少女――クビワがやってくるのが見えた。

クビワはずんずんと早足で寄ってきて、俺の正面で立ち止まる。

「アキト様。こんな場所にいらっしゃるとは……もしかしなくとも稽古していましたね？」

クビワは俺を真っ直（まっす）ぐに見据（みす）えて問い詰めてくる。

その表情に変化はないが……俺にはわかる。今のクビワはちょっと怒っている。

「いや、その。これは……どれくらい俺が戦えるか確かめる上で必要なことというか……」

「貴方は今、療養が必要な身だと何度もご説明したはずです。勝手に部屋を抜け出さないでください。さ、お部屋に戻りますよ」

クビワは俺の手首を摑（つか）み、ぐいぐいと引っ張り始める。

「ちょ、待て。わかった、わかったからそんな引っ張るなって！」

「く、クビワ！　そんなに引っ張ったら危ないよ！」

クビワに引っ張られる俺と、そんな俺たちを見て焦ったようについてくるセリナ。

「まるで放浪癖（ほうろうへき）がある武家の息子と、それを諫（いさ）める女中みたいなやり取りね」

「むぅ、十一番目の能力について聞きそびれてしまった。わりと楽しみにしていたのだが」

そうやって強制連行されていく中、背後からは縁側に残ったミツネとシルヴィアの好き勝手な感想が聞こえてくるのだった。

「どうぞ、アキト様。あーん」

「……むー」

場所は保安機構の客室の一つ。

布団に入って上半身を起こしている俺の横には、二人の少女が座していた。

「どうなされました。早く口を開けてください」

一人は香ばしい匂いがする焼き鮭を箸で掴み、それを俺の口元に持ってきているクビワ。

彼女は一向にあーんしない俺に対し、無表情のままこてんっと首を傾げる。

「………むぅーっ」

そしてもう一人は、そんな俺たちに対して思いっきりほっぺたを膨らませているセリナだ。

もう見事なまでの妬きっぷりである。

まあこうやってむぅむぅ言ってるセリアも、それはそれで見てて可愛らしいのだが……だからと言って、ここでクビワの指示通り『あーん』なんかしてみろ。セリナのふにふにのほっぺが膨らみすぎて破裂してしまうやもしれん。それだけは何としても回避したい。

「や、病人じゃねーんだから自分で食べられるよ」

「そうですか？　それならばよろしいのですが」

俺が断るとクビワは案外素直に引き下がった。その声音は若干残念そうではあったが。

昨日。俺を付きっきりで看病すると宣言してから、クビワはずっとこんな調子だ。

死神の瞳に全魔力を奪われた俺は、とりあえず魔力が戻るのを待つことになった。

一旦元の世界に戻ってセリナの家で回復を待つという手もあったが……、

『なりません。アキト様はわたくしを庇って魔力を奪われました。ならば魔力が戻るまでの身の回りのお世話は当然、わたくしの義務。そしてわたくしが発揮できる最大パフォーマンスでアキト様をお世話するには、この保安機構の施設内でないといけないのです』

と、クビワに押し切られ、俺は保安機構に留まることになった。

それだけならまだいいが……問題なのは、クビワがやたら過保護というか気遣いがすぎるというか……日常生活に支障はないと言っているのに、とにかく俺の世話をしたがることだ。

例えば昨日の夕飯後。俺が風呂を借りて体を洗ってた時、

『体調不良では満足に湯浴みもできないと判断します。よってわたくしがお背中を流します』

と言って、突如として風呂場に乱入してきたり。

例えば就寝時。布団を敷いていざ寝ようとした時、

『昼間はまだ夏の暑さが残っているとはいえ、夜になれば冷え込む時期。お身体を冷やしてはいけません。わたくしを抱き枕代わりにどうぞ』

と言って、いきなり布団に潜り込んできたり。

まあ風呂の時も布団の時もちゃんと説得すれば退散してくれたし、少々気遣いの方向性がズ

レているだけで悪意があってのことではないとは重々承知しているのだけど……。

「……」

これは俺の推測だが……たぶんクビワは負い目を抱いている。

通り魔との戦闘中、俺は彼女を庇って死神の瞳に魔力を奪われた。

もしかしたらそのことを気にしているからこそ、この式神少女はこうやって過剰なまでに俺の世話をしようとしているのかもしれない。

「なあクビワ。俺は回りくどいのが苦手だからはっきり言うけどさ。俺が魔力を失ったのは、お前の責任じゃないぞ？」

俺の言葉に、膳に箸を戻していたクビワの動きがぴたりと止まった。

が、すぐ何事もなかったように俺へと顔を向けてくる。

「いいえ、わたくしが戦闘中に不覚を取ったため、アキト様にこのような不便を強いることになってしまいました。それは厳然たる事実です」

「や、だからって風呂場に侵入したり、布団に潜り込んだりはやりすぎっつーか……」

「そ、そうだよ！　クビワだって女の子なんだから、ちゃんとお淑やかにしてないと！」

セリナがここぞとばかりに同調してくる。

しかしそれを聞いてもなお、クビワは納得いってないようだった。

「ですが、療養生活というのは何かとご不自由かと思われます。例えばアキト様はまだ若い殿方ですから、僭越ながら女性型の式神であるわたくしが情欲などの発散を――」

「間に合ってますっ。ね？　アキト、いらないよね!?」

「お、おう」

セリナに凄い勢いで同意を求められ、気圧され気味に頷く。

「？　……なるほど。申し訳ありません、気遣い不足でございました」

するとクビワは俺とセリナの間で視線を行き来させ、やがて何かを納得したようだった。

「セリナ様とアキト様は恋仲でございました。情欲の発散などはセリナ様とご一緒にされるのが通常でしょう。それなのにわたくしが出張ってはいけませんね」

「なっ、わ、わわ、わ、私が!?　アキトのじょ、情欲を……っ!?」

「？　間に合っているというのはそういうことでは？　セリナ様がアキト様のお相手をするので必要ない、という意味だと解釈したのですが」

「あ、えっと。うぅー……そ、そうですっ」

「そうです!?」

そこ頷いていいんですか、セリナさん!?

あかん。このままではセリナがどんどん変な発言をしてしまう。何とかしなければ。

「と、ともかくだ。しばらくはセリナについててもらうから、クビワも自分の部屋とかで休んだほうがいいんじゃないか？　昨日からずっと俺に付き添ってて疲れてるだろ」

「しかし……」

「それに、ずっと構われると逆に気疲れしちまうからさ。頼むよ」

「……承知いたしました」

俺が頼み込むと、クビワは渋々といった様子で立ち上がった。

「アキト様がそうご要望されるのでしたら仕方ありません。わたくしはしばらく自室で待機いたします。何かありましたらすぐにお呼びください」

そのまま廊下に出たクビワは、一度部屋の中にいる俺たちに向き直る。

「それではセリナ様。少しの間アキト様をよろしくお願いいたします」

そう言って綺麗に一礼した後、クビワはとたとたと自室へ向かっていった。

「はぁ。どうしたもんかね」

クビワの気配が遠ざかったのを確認し、俺はゆっくりと息を吐いた。

構いすぎると逆にストレスを感じるペットの気持ちって、こんな感覚なんかね。

「……」

その時、セリナが何故か伏し目がちになっていることに気づいた。

「――前にこの世界に召喚された時、何があったの？」

寂しげな瞳。セリナがそのような目をする理由がわからず黙っていると、彼女はふと顔を上げ、どこかすがるように俺を見つめてくる。

「急に変なこと聞いてごめんね？　でもさっきミツネと昔の話をしていた時、アキトが凄く悲しそうな顔してから、放っておけなくて……」

「……やっぱ気づいてたか」

「たぶんアキトがあんな顔するのは、ミツネの妹さんが関係してるんだよね？」

「そうだな。けどどうしてそんなことを聞くんだ？」

「うん……前に一回あったでしょ？　私が自分の気持ちをアキトに隠しちゃったことが」

それはおそらく、俺がセリナに再召喚される前のことを言っているのだろう。

俺がセリナに喚ばれた真の理由。彼女が抱いていた寂しさと、本当の気持ち。

それをセリナが言葉にしなかったことで、俺たちは少しだけすれ違ってしまった。

「あの時みたいに、またすれ違っちゃうんじゃないかって思ったら、ちょっと怖くて……」

「セリナ……」

「あっ、でも辛いなら無理しないでね？　昔のこと聞きたいっていうのは私の我儘なんだし」

パタパタと手を振りながら、セリナは俺に気遣いを見せる。

本当は知りたくて仕方ないはずなのに、俺のことを第一に想ってくれている。

それが本当に嬉しくて、こそばゆくて、俺は自然と口元を綻ばせている自分に気づいた。

「いや、話すよ。聞いてくれ」

「いいの？」

「ああ。セリナには知っててほしいんだ」

「――うん、ありがと」

セリナは嬉しそうに言った。

「教えて。アキトが抱いてる本当の気持ち」

セリナの純粋な魂を映し出したかのように綺麗で温かい瞳が、俺を見つめてくる。

それは、かつて俺に居場所をくれた微笑み。幾多の世界を訪れ、そしてどの世界でも『仲間外れ』だった俺を救ってくれたもの。

「前にもちょっと話したけど。俺がこの世界に初めてやって来たのは、通算で五回目の異世界召喚の時で――」

だからだろう。痛みが伴うはずのその記憶を、自分でも驚くくらいすんなりと語り始めることができたのは。

それは吸血鬼と人間が敵対する世界で、その世界の構造そのものに抗う者たちに喚ばれた俺が目の当たりにした出来事。

人間を心から愛した変わり者の吸血鬼と、そんな妹を心から愛した最強の吸血鬼。

そんな姉妹の、温かくて悲しい家族愛の物語。

「それでは今から重要な会議を始めます」

そこは革命軍・本拠地内の一室――通称『会議の間』。

ここは吸血鬼と人間の共存を求める革命軍が、組織内の重要なポジションにある者を集め、文字通り会議を行う部屋だ。話し合う内容はそれこそ多岐にわたる。組織の日々の取り決め事や、戦闘における作戦会議まで様々だ。

今日も中央に置かれた大きめの座卓には、四人の人物が座していた。

「シヅキや姉さん、アキトくんまで集まってもらったのは他でもありません。みんなにどうしても確認したいことがあったからです」

そう言って、その場を取り仕切るのは革命軍の首領・マツリ。

普段は柔和な人柄なのだが、これから重要な会議を始めると宣言しているだけあって、その表情は真剣そのもの。まさに革命軍の長に相応しいカリスマ性に溢れている。

彼女はぐるりと会議の間に集まった面々を見回す。

革命軍の副首領にしてマツリの副官を務めるシヅキ。

マツリの姉であり、世界最強と謳われる吸血鬼のミツネ。

そして革命軍が別世界から召喚した、人類の切り札たる若き英雄アキト。

それぞれが真剣な顔つきで、首領の話に耳を傾けている。

「返答次第では今後の革命軍の行く末を左右するので、心して答えてください」

重苦しい口振りで断りを入れるマツリに、一同は無言で頷く。

隊員たちからは密かに《革命軍の四天王》と呼ばれる面々が集まっての会議。果たして、いかなる重要な話し合いが始まるのか。

次の言葉を待つ彼らに、マツリはゆっくりと口を開いた。

「――冷蔵庫に入っていた私のとっておきのプリン、食べたの誰ですか？」

会議室が静寂に包まれる。

しばらく沈黙が続いた後、アキトが気怠げに挙手した。

「……なあ、一ついいか？」

「む。手を挙げたってことは、食べたのはアキトくんなの？」

「違えよ。それより俺、重要な話し合いがあるって言われて呼ばれたんだけど……もしかしてこれが？」

「もちろんです。私のプリンを食べた犯人探し。ね、最重要でしょ？」

「おい。ホントにこんなんが首領でいいのか、この革命軍」

マツリを指差しながら、アキトが他の二人に問う。

するとミツネとシヅキは各々困った色を表情に浮かべながら、

「私に言わないでよ。コメントしづらいから」

「んー。こう見えてマツリは首領としては優秀ですので」

口ではそう言いつつもアキトの意見に異を唱えないあたり、彼女らもマツリを首領だと認めつつも、同時にアレなところは否定できないようだ。

そうして呆れムードが漂う中、マツリだけが「むむっ」という顔で三人を見やる。

「アキトくんが犯人じゃないってことは、シヅキか姉さんのどっちかってこと？」

「いえ、私ではありません」

「私でもないわ」

「なるほど」

二人の返答を聞いたマツリが深々と頷く。それから何かを閃いたように、ぴんっと人差し指を立てた。まるで犯人に思い至った名探偵のごとく。

「姉さんが怪しい」

「何でよ!?」

「何となく。強いて言うなら、この前も私のプリン食べてたから」

「あれは私が買ってきたやつでしょ!?」

「違うもん。確かに買ってきたのは姉さんだけど、私にくれたのがミルクプリンで、姉さんがキャラメルプリンって決めたはずだもん。なのに姉さんがミルクプリンを食べたじゃない」

「う、ぐっ……そ、それは確かに悪かったけど……で、でも元は私が買ってきたやつなんだから別にいいでしょ！」

世界を変えようとする革命軍の首領と、世界最強と謳われる吸血鬼。

そんな凄まじい立場にあるはずの二人が、たかがプリン程度のことで子供みたいな姉妹喧嘩を繰り広げるシュールな光景に、アキトとシヅキは反応に困っていた。

「そこまで言うってことは、本当に姉さんじゃないの？」

「ええ、何度も言ってるでしょ」

「素直に言うなら怒らないよ？」

「……ホントに？」

「うん、ほんと」

今までの糾弾するような表情とは打ってかわり、マツリが穏やかな笑顔で頷く。

それを見たミツネはしばらく考え込んでから、どこか申し訳なさを映した顔で、

「ごめんマツリ。実は今朝に寝惚けて、私が——」

「今なら全然私は怒ってないし。特別に一週間、甘味禁止で許してあげます」

「アキトが食べてたわ。うん、間違いない」

「いやしれっと俺に罪をなすりつけるなよ!?」

「まあまあ、皆さん落ち着いてください」

と、さすがに見かねたのか、シヅキが仲裁に入る。

「マツリには私のプリンをあげますから。それでよしとしませんか？　ね？」

「そんなお母さんムーヴで解決できる問題じゃないの。ことプリンに関しては！」

「おか……！　私はまだそのような歳じゃありませんよ!?」

マツリからお母さん呼ばわりされて、シヅキがショックを受けた。

こうして混迷を極めるプリン会議。四人が四人共それぞれの理由でヒートアップし、最早この言い争いは収拾がつかないと思われた、その時だった。

「ん？　何だこれ」

位置的にミツネの隣にいたアキトが『それ』を見つけた。

座っているミツネの近く。ちょっとテーブルの下に隠すように置かれた紙袋だ。

アキトがそれを無遠慮に手に取って中身を覗くと、ミツネが露骨に焦りだした。

「あっ、ちょっと……返しなさいっ」

紙袋を取り返そうとするミツネの手をひょいひょいかわしながら、アキトは紙袋の中身を見て――そして何かを察したように、にやりと笑った。

「あー……なるほどね、そういうことか」

「ん？　それはミツネが持ち込んだものでしょうか？」

「なになに？　何が入ってたの、アキトくん」

いつの間にかシヅキとマツリがテーブルを回り込んできて、アキトの後ろから紙袋の中身を覗き込んでいた。

紙袋に入っていたのは――プリンだった。

容器がビンになっていて、オシャレな包装がしてある。ちゃんとした店で買ったものだとわかる、普通のよりもちょっと高級そうなプリンだ。それが『二つ』、紙袋に収まっていた。

アキトに遅れてそれを見た二人も、どうやらミツネの意図を察したようだ。シヅキは穏やかに微笑み、マツリはちょっと驚いたように目を丸くする。

「や、違っ……これは、そのっ！」

皆の視線を集めたミツネがわたわたと慌て出す。

アキトとシヅキがにまにまと意地悪い笑みを浮かべる。

「んだよ。最初から謝るつもりだったんじゃねーか」

「あらあら。しかも二つあるということは、一緒に食べようという意志の表れでしょうか。ふふっ、仲がよろしいのですね」

「〜〜っ！」

ミツネが顔を真っ赤にして押し黙る。そこには世界最強と恐れられる吸血鬼の威厳など微塵もなく、妹思いを指摘されて照れているただの可愛らしい姉の姿しかなかった。

と、その様子を見ていたマツリが嬉しそうに笑った。

「ありがと、姉さん。それとごめんね」

「……ん」

マツリの短いお礼と謝罪。それにミツネは目をそらしながら素っ気なく頷く。

そんな姉の姿に、マツリの綺麗な蒼色の瞳はゆったりと弧を描き——ふと、紙袋に入っているプリンを見やる。

「……そう言えば姉さん。味はもちろん、ミルクプリンだよね？」

「え？　キャラメルプリンだけど」

「もーっ！　そこはミルクプリンでしょ！」

「は、はあ!?　知らないわよそんなの！　文句があるなら食べなきゃいいでしょ！」

「や！　だってキャラメルプリンおいしいもん！」

「結局どっちも好きなんじゃないの！」

途端にぎゃーぎゃーと騒ぎ出す吸血鬼姉妹。一旦収まりかけたのに再び言い争いを始めた二人に、アキトは呆れたように眉を顰め、シヅキは困ったように微笑する。

「……どうして綺麗に纏まりかけてたのに、またケンカになるんかね」

「ふふっ。ま、これがお二人の仲の良さってことで」

そこは吸血鬼と人間が争う世界を変えんとする革命軍。

両種族の共存を夢見る彼女らが集まったその一室では吸血鬼と人間、そのどちらの種族も存在し、それでいて笑顔に溢れていて——。

たとえ一部屋限りの小さな規模ではあるものの、確かに世界は変わっていた。

一通り革命軍時代のことを話すと、セリナは優しく笑った。

「ふふっ。みんな、仲が良かったんだね」

「まーな。世界に刃向かう革命軍っていうわりには悲観的な奴が全然いなくて、ホント明るくて前向きな奴らばっかりだった」

セリナの笑みに釣られて、俺も笑う。

当時の革命軍の雰囲気を思い出し、懐かしさを覚えながら。

「そんな中でもマツリは別格でさ。優等生タイプなのに冗談もうまいし、他人のことも気遣えるし……あいつの周りではいつも笑顔が絶えなかった」

革命軍を率いるに相応しい器量と、それでいて親しみやすい性格による人望の厚さ。そんな彼女が首領だったからこそ、革命軍は吸血鬼と人間の共存という大義を成し得たのだろう。

……ただ。

「そうやって笑顔を振りまく奴だったからさ。俺はあいつの覚悟に気づけなかった」

「覚悟……？」

「ああ。マツリは最初から、世界を変えるために自分を犠牲にする覚悟で臨んでたんだ」

吸血鬼でありながら人間に寄り添っていたマツリ。彼女が目指す『吸血鬼と人間の共存』を実現するには、俺が聞いてもわからないような政治的な問題点の解決や、社会のシステムを根本から作り替えるような偉業を成し遂げなければならなかった。

けれどマツリはその手腕でそれらの偉業を次々と達成していった。俺が召喚された時には、両種族が共存するにあたって発生する問題のほとんどが、すでに解決されていたくらいだ。

マツリたちの活躍によって社会情勢は、両種族の共存思想へと傾いている。

だが、既存の常識を捨てるには、あと一押し足りない。

そこでマツリが計画していた最後のピースがあった。

それは――自分が共存反対派の組織に暗殺されること。

共存を唱える組織の首領が反対派に殺されることで、社会は反対派組織に強い反感を抱く。

これによってやっと社会全体が、世界に生きる者たちすべてが、今まで囚われていた常識を捨て去り、両種族の共存へと歩み出せる。

つまりマツリは、最初から自分が死ぬことで世界を平和に導こうとしていたのだ。

――そのことを俺とミツネが知ったのは、彼女の計画が成功した後だった。

反対派をうまく誘導して、マツリは暗殺された。

彼女の思惑通りに人々は反対派に不満を抱き、社会情勢は共存思想へと切り替わっていく。

だが……ミツネにとって、最早そんなことはどうでもよかったのだろう。

妹を失った悲しみに支配されたミツネは、己を制御することができず――暴走した。

彼女はマツリを暗殺した反対派組織の本拠地に単身で乗り込み、最強の吸血鬼の力をもってして、見境なく破壊の限りを尽くした。

俺とシヅキさんが遅れて現場に到着した時には……反対派の生存者は見つからず、本拠地があったと思われるその場所は更地と化していた。

無数の屍と無惨な瓦礫の中心で、ミツネは涙を流していた。

ミツネは訥々と語った。

両種族の共存を夢見ていたマツリの気持ちは誰よりもわかっている。

自分がその計画を知ったら何としてでもマツリを止めようとしただろうから、あらかじめ相談してこなかったのも理解できる。

こんなことをしても妹は帰ってこない。それどころか人々が吸血鬼の脅威に怯え、せっかくマツリが命を賭してこぎ着けた共存の夢を台無しにしてしまうかもしれない――。

それでも。

理屈ではわかっていても私はもう……私自身の鬼を止められない、と。

『お願い、秋人――私の八つ当たりに付き合って』

そう言って、ミツネは俺と対峙した。

ただただ悲しみだけを映したその瞳で、彼女は縋るように俺を見つめてきた。

『ごめんなさい……でも、この世界で私を止められるのは、貴方くらいしかいないの』

悲哀に涙し、やるせない微笑みを浮かべて。

身も心もボロボロになりながら口にされた、あまりにも切ないミツネの頼み事。

その頼みを、俺は聞き届けた。

死闘だった。魂を削るような、それでいてただただ悲しみに胸が焼かれる戦いだった。

シヅキさんの支援があって、俺はやっとミツネと互角。

熾烈を極めた激闘。戦いの内容なんて覚えていない。ただ最終的に俺は暴走するミツネに打ち勝ち、彼女を鎮めることができた。

しかし、そうして見境なく暴れたミツネを革命軍としては無罪放免とするわけにはいかず、社会情勢が安定するまで封印処置することが取り決められた。

こうして吸血鬼の姉妹の尊い犠牲のもとで世界は平和へと歩みだし、俺は『両種族の共存社会を作る手助けをする』という召喚目的を達成して、元の世界に帰還した――。


「今でも鮮明に覚えてるよ。ミツネとの戦いが終わった後のこと」

「……どんなこと？」

「ああ。瓦礫の上にボロボロになって倒れてるミツネを見て、俺がやりきれない気持ちでいっぱいになって、情けない顔をしてたらさ……あいつ、静かに笑ってこう言ったんだ」

――ありがと。それとごめんなさい、こんなことに付き合わせちゃって。

――でも、負けたのは普通に悔しいわね。恨んでやるから覚悟しなさい。

「自分のほうが悲しいくせに俺を気遣ったんだよ、ミツネは。そうやってわざと憎まれ口をきいて『お前が戦ったのはただの敵だ。だから倒しても構わないんだ』って諭すみたいに」

そう言わなければ、俺が罪の意識に苛まれていただろうから。

素直じゃないミツネらしい、遠回しの気遣いだ。

『敵同士だった相手を、同じ学校出身みたいに扱わないでもらえる？』

『前の世界で封印された恨みは晴らさせてもらうわよ、秋人。覚悟しなさい』

今にして思えば、あのダンジョンの最深部でミツネと再会した時、あいつがやけに好戦的だったのも、そんな気遣いの一環だったのかもしれない。

こう言うとミツネは嫌がるかもしれないけど、あいつは優しい吸血鬼だから。

「大体こんな感じかな。俺が最初にこの世界に来た時の出来事は」

「……そう、だったんだ」

すべてを聞いたセリナは悲しそうな、それでいて寂しそうな顔でうつむいていた。

「あー」

途端に、セリナにそんな顔をさせてしまったのが申し訳なくなってきた。

今にも俺やミツネを想って泣き出してしまいそうなセリナを前に、俺は急に居心地が悪くなって後頭部をがしがしとかく。

「ごめんな、いつもみたいに明るい冒険譚じゃなくて」

そう言って、俺は重苦しくなってしまった空気を変えるように笑った。

「ここまで辛気臭く話しておいてこう言うのもあれだけど、俺は心の整理はついてるからさ。何よりもう過ぎたことだし。だからそう暗い顔しないでくれ」

セリナに暗い顔をしてほしくないから、できるだけ明るい表情を浮かべる。

「それに、こうしてマツリが思い描いた世界になってるって、ちゃんと知ることができたし。なのにいつまでも塞ぎ込んでたら、それこそ命まで賭したマツリに叱られちまう」

マツリやミツネのことを話しているうちに生じた、胸の奥の痛みを誤魔化して。

俺のほの暗い過去を聞いた心優しいセリナに、落ち込んでほしくなかったから。

「まあミツネは当人だけあって、やっぱクビワに対してはちょっと複雑な思いを抱いてるみたいだけど、それもいずれ……？」

と、そこで気づいた。

「…………むー」

セリナがむすっとした顔で俺を見つめていることに。

それはさっき、クビワのあーんを横で見ていた時のものに勝るとも劣らない不満顔だった。

「ど、どうしたんだ。そんな顔して」

「……それ、アキ、の悪い癖だよ」

「へっ？　わ、悪い癖？」

むすーっと拗ね顔のまま、そんなことを言われる。

今のセリナは落ち込んでいるとか暗くなっているとか、そういった雰囲気じゃない。

むしろこれは……ちょっと怒ってないか？

つーかセリナの言う『それ』って何だ？　一体何を指してるんだ？

そうやって俺が困惑していると、セリナが正座したまま軽く両手を広げた。

「ん」

「？」

「んっ！」

「……ごめん、何すかそれ」

「ハグな感じです」

あ、そういう感じっすか。

どうもハグをご要望らしいので、少し照れ臭かったが、俺は素直にセリナを抱き寄せる。

すると俺の胸に顔を埋める形となったセリナが「むぐっ」とくぐもった声を出した。

「そ、そうじゃなくてっ……！」

「え？　違うの？」

「むぅ……い、一旦放して」

「？？？　わかった」

要求通り、俺はセリナを解放する。さっきから彼女のしようとしているところがよくわからない。ハグしてほしいって言うからハグしたのに、今度は放してってって言うし。

「んっ……ちょっとじっとしてて」

セリナがわざとらしく咳払いをしてから、気を取り直した様子で言う。

今のセリナには何となく逆らえない迫力がある。なので言いつけられたとおりにじっと座っていると、セリナは膝立ちで近づいてきて――

ふわり、と。

俺の頭を優しく包み込むように、その胸に抱き寄せた。

「……あ」

「前にも言ったけどね。本当は辛いのに、そうやって寂しそうに笑って誤魔化そうとするの、アキトの悪い癖だよ？」

俺を抱き締めたまま、セリナが穏やかに語りかけてくる。

ああ、そうだった……前に『それ』を指摘されたのは、俺が一度セリナのいる世界を去らないといけなくなった時だ。

セリナが悲しまないようにと思って、俺は己の気持ちを押し殺して笑った。次の瞬間には俺の下手くそな演技などバレて『本当は悲しいのに笑うな』と今みたいに叱られたけど。

「アキトはちょっと自分の悲しいって気持ちに鈍感すぎます。よくありません」

「……俺が、自分の気持ちに鈍感……？」

「ほら、やっぱり気づいてない」

セリナが優しい調子で頷いてくる。

それから彼女は慈愛に満ちた声で、こう言った。


「――アキトは、ミツネとマツリさんを助けたかったんだよね？」


「っ」

瞬間。目頭が熱くなった。

似たようなことが昔あった。それは幼い頃、ふとしたことで怪我をしてしまった時……それまではまるで平気だったはずなのに、母親に「大丈夫？　痛かったよね」と心配された途端、何故か無性に涙が出てきてしまったあの感覚――。

「助けたかった人が助けられなくて、アキトは悲しかったんだよね」

痛くて泣きそうになっているわけではない。

ただ自分でも原因がよくわからず、それでもずっと抱えてきた痛みの理由を、他の誰でもないセリナが理解してくれていたことに――どうしようもなく泣きたくなったのだ。

「心の整理がついてるなんて、そんなの嘘……無意識かもしれないけど、アキトはそうやって悲しいって気持ちを隠そうとしちゃうから。私、見てて寂しいよ？」

「俺が……？」

「うん。もしかしたらそれは仕方のないことなのかもしれない。アキトは今までいろんな世界に喚ばれて、その度に困っている人を救ってきた英雄だから……ただでさえ誰かに助けを求めるほどいっぱいいっぱいになってる人にこれ以上気を遣わせちゃいけないと思って、自分の心の痛みを悟らせないようにしてきたんだよね？」

「……それは」

　セリナの指摘に対して、不意に声が詰まったのは、それが図星だったからなのか……自分でもよくわからなかった。

「でもね。私にはアキトが傷ついてるってこと、隠さなくていいんだよ？」

　そう言って、セリナは俺の頭を抱くその腕に、ぎゅっと力をこめる。

「だって私は、アキトの恋人なんだもん」

「……セリナ」

「悲しかったら悲しいって、辛かったら辛いって素直に打ち明けて。私はまだ頼りないかもしれないけど。でも、ちゃんとアキトを支えられるように頑張るから」

　ささやくように発せられた、決意と慈愛に満ちた言葉。

それに耳を傾けながら、俺はセリナの温もりを感じていた。

触れているだけで安心できる、優しい温かさ。それが俺の胸の奥にずっとあった痛みを、ふわっと包み込んで和らげてくれるような気がした。

「……頼りないなんて、そんなことないよ」

――ああ、そうだった。

俺はずっと、この温かさに救われてきた。

だというのに『落ち込んでほしくないから』なんて、何を今更格好つけていたのか。

「俺はずっとセリナに助けられてる」

「そうかな？」

「ああ。俺に居場所をくれた時も、世界を超えて俺を再召喚してくれた時も……そして今も。ずっとずっと助けられっぱなしだ」

「そっか。それならよかった」

安心したようなその言葉を聞いて俺は満足し、彼女から離れようとする。するとセリナはちょっとだけ名残惜しそうにしていたが、俺の頭を抱いていた腕をゆっくりと解いた。

「ありがとう、セリナ」

「ふふっ。どういたしまして」

真っ直ぐに見つめて、素直にお礼を言うと、セリナは照れ臭そうに笑った。

と、そこで気づく。彼女の手が、俺の手をぎゅっと握っていることに。

それを意識した途端、ちょっとだけ照れ臭くなって、けれど俺の方からも握り返す。

「――ぁ」

セリナも小さな声を漏らす。それでも握った手は放さない。

そうして互いの手の温もりを感じながら、真っ直ぐに見つめ合う。

まるで時間が止まったような感覚。

俺はセリナの潤んだ瞳に見惚れ、視線を外すことができなくなり、

「――お邪魔だったでしょうか」

いつの間にか俺たちの横に、クビワが正座していることにようやく気づいた。

「うおっ⁉」

「ひゃ、クビワ⁉　い、いつからいたの⁉」

驚いて、握り締めていた手を放してしまう。

するとクビワは無表情のまま、セリナの問いに対して律儀に返答しようと口を開いた。

「セリナ様がアキト様を慰めハグしたあたりでしょうか。そのへんからお部屋の襖を開けて、見守っておりました」

見守る必要性はどこに？

「アキト様の昼餉の食器を下げようと思い、お訪ねしたのですが……申し訳ありません。あま

りにお二人がいい雰囲気だったので、お声がけするタイミングを逸(いっ)してしまいました」

「～～っ」

セリナの顔がぼっと赤くなった。

二人っきりだとばかり思っていたので、本気でびっくりした。

つーかまったく気配がしなかったんだが……一体どんな技術を使ったんだ。

「ま、まあ、うん……ちょ、ちょうどよかったかな。クビワに話があるの」

セリナが恥(は)ずかしさを紛(まぎ)らわすようにわざとらしく咳払いしてから、そう切り出す。

するとクビワが、こてんっと無表情のまま首を傾げた。

「話ですか」

「うん」

セリナは朗(ほが)らかに笑い、まるで妙案を思いついたと言わんばかりに告げた。

「ちょっと気分転換に、みんなで一緒に遊びに行こ？」

㊃㊉ 水着の付き合い、半分くらいの本音

I will have
my 11th reunion
with her.

そこは最近になって歓楽街(かんらくがい)にできた施設だという。

簡単にどんなところなのかを説明すると、広大な屋内で温水を用いた様々な泳ぎ場があるレジャー施設……。

まあつまるところ、俺が元いた世界でいう『屋内アミューズメントプール』だ。

そんなわけでやってきた《ウォーターパーク・常夏(とこなつ)えんらく》である。

セリナの「どこかにみんなで遊びに行きたい」という要望のもと、クビワが「このような施設があります」と教えてくれた場所だ。

「テーマはその名のとおり常夏。屋内は三十度前後に保たれ、施設はすべてドーム天井に覆(おお)われているため天候・季節に左右されることなく、いつでも真夏気分でプールを満喫(まんきつ)できます」

クビワがまるで運営側の人みたいに、スラスラとパークの宣伝文句を口にする。

コンセプトが常夏だからか、プールサイドにはヤシの木を模(も)したオブジェがあったりする。

屋内プールなので季節は関係ないとはいえ、さすがに夏も終わって秋に入りかけている時期

だからか、客は思っていたよりも少なく、そこそこ空いている感じだった。

「波のプール、流れるプール、競技用二十五メートルプール、全八コースに及ぶウォータースライダーなどなど。温水をふんだんに用いた泳ぎ場はもちろんのこと、水着のまま入れる温泉やマッサージサロン、サウナなども常設されているため、お子さんとご一緒に来た親御さんも楽しめる施設になっております」

「っつーことらしいぜ？」

更衣室でレンタル水着に着替えた後。

数々の温水プールを前にして、水着姿で集まった一同へ、俺はクビワに便乗して言った。

「私、プール自体が初体験だから凄く楽しみなんだけど……あ、あれだね。水着って結構大胆なデザインなんだね」

そう言うのは、頬を少し赤らめながらそわそわしているセリナだ。

着ているのは大人っぽいタイサイド・ビキニ。水着をレンタルする際、何を選べばいいかわからないという彼女に、俺がやや大胆なものをチョイスして薦めておいたやつだ。

その持ち前のたわわな柔らかバストも相まって、あれだよね……あえて擬態語で説明するなら、たゆんたゆんだよね？

ちょっと落ち着きがないように見えるのは、人生初のプールにわくわくしているだけでなく、水着で肌を露出しているのが恥ずかしいからなのだろう。何にせよ、そうやって恥じらってるセリナも天使と見紛うばかりに可愛らしかった。

「ふむ。これは勇者としての勘だが……あのウォータースライダーというもの、とてつもなく楽しそうな気配がする！　私はあれで遊びたい！」

そんなセリナの横では、シルヴィアがやたらと声を弾ませていた。

ビキニタイプの水着に、デニム生地のホットパンツをはいていて、なかなかスポーティなコーディネートだ。驚いたのがシルヴィアは結構着やせするタイプだったらしく、セリナほどではないにしろ、かなりのプロポーションを誇っていることだ。

シルヴィアの視線はすでにウォータースライダーを滑り降りてきゃーきゃー騒いでいる子供たちに釘付けで、期待感に目をキラキラ輝かせていた。

「シルヴィア様。プールで遊泳する場合、まずは準備運動でございます。これを怠っては生命活動にかかわります」

そんな彼女をたしなめるのは、俺の隣に立っているクビワだ。

トップスがフレアタイプの水着をチョイスしていて、セクシーというよりキュートな感じを重視したデザインだ。やや幼い印象があるクビワにはよく似合っていてやはり可愛らしい。

一見すると無表情ではあるが、水着のついでにちゃっかり浮き輪やビーチボールなどもレンタルしているあたり、大分はしゃいでいることがわかる。

「……こんな大変な時に、どうして私はプールになんか来てるのかしら……？」

と、プールに来てわいわいしている俺らを余所に、ミツネがぼそりと呟いた。

ホルタータイプのビキニに加え、腰には薄手のパレオを斜めに巻いていて、露出は少なめなのにかなり大人っぽく、それでいてセクシーな感じだ。容姿的にはミツネが一番幼いはずなのに……何だろう。強いて言うなら『上品な艶やかさ』みたいな雰囲気を纏っていた。

せっかく遊びに来たというのに、ミツネは何やらアンニュイなため息を漏らしている。

「どうしたんだミツネ。何かテンション低いじゃん」

「いえ、何というか……死神の瞳とか通り魔とか、わりと世界の危機的な問題が山積みになってるはずなのに、プールで遊んでていいのかって思っちゃって」

「おいおいやめろよ、そうやってめちゃくちゃ正論すぎること言うの。せっかく遊びに来てテンション上がってたのに、急に冷静になっちゃうじゃん。あの通り魔の達人クラスの実力を思い出して『次襲撃された時はどう対処しようかなぁ』とか考え始めちゃうじゃん」

「ま、まあまあ。そんなふうに気を張り詰めすぎちゃいけないと思ったから、こうして息抜きに来たわけなんだし」

セリナが苦笑しながらとりなしてくれる。

そう。俺たちは息抜きとして、このプールに来ている。それは間違いない。

だが……俺とセリナには密かにもう一つ、目的としていることがあった。

それは——ミツネが抱えているクビワへのわだかまりの解消だ。

『見てて思ったんだけど、ミツネはクビワに対してどこかよそよそしいよね……』

どうやらセリナも、いつもと違うミツネの様子には気づいていたようなのだ。

ミツネは表に出すまいと努めているようだが……やはりマツリに似ているクビワの存在に思うところがあるらしい。それはクビワに対する態度からもわかる。

『事情を全部聞いたら、しょうがないことだってわかるんだけど……二人がこのままだと私、やっぱりちょっと寂しいよ』

俺はセリナのおかげで、マツリのことについては何とか踏ん切りをつけることができたわけだが……ミツネはそう単純にはいかないだろう。

何せ今は亡き最愛の妹にそっくりなんだ。簡単に割り切れなくて当然だろう。

『ねえアキト、私たちで何とかしてあげられないかな?』

そういう思惑があったからこそ、セリナは何かのきっかけになればと思い、こうしてミツネとクビワを一緒に遊びに誘ったのだという。

「(セリナ、ここからどうするんだ?)」

俺は他のメンバーに聞こえないように、セリナにそっと耳打ちする。

「(うん。一緒に遊びに来るっていうきっかけ作りは成功したし。あとは二人がこの機会を通して、お互いのわだかまりを解消できればいいと思うの)」

「(なるほどな。それで、俺たちは具体的に何をするんだ?)」

「(……何しよっか?)」

「(あ、そこはノープランなのね)」

「(だ、だって! 遊びに行こうって言ったのも、ちょっとした思いつきだったし……ここまですんなりいくとは思ってなかったんだもんっ)」

急に弱気なことを言い出すセリナに俺も不安になってきた……んー。なるようになるか?

「? 二人とも、さっきから何をヒソヒソと話してるの?」

と、内緒話をしていた俺たちを訝しんでか、ミツネが眉を顰めた。

「ん? ああ、シヅキさんが遅いなってな」

「う、うん。そうそう。シヅキさん、まだかなーって話してたの」

俺が咄嗟に誤魔化すと、セリナもそれに乗ってくる。

「? シヅキは保安機構でやらなきゃいけない仕事を片付けてから、後で合流するって話だったでしょ。そろそろ来るんじゃない?」

「――皆さん、お待たせしました」

ちょうどその時だった。噂をすればというやつで、俺の背後に位置する更衣室のほうからシヅキさんがやってきたらしく、そんなふうに声をかけられた。

「遅くなって申し訳ありません。ちょっとだけ面倒な書類の処理に手間取ってしまって」

「や。俺たちもこれから遊ぼうとしていたところだし、ちょうどよかがはごほ、ごはっ!?」

「？　どうされました、アキトさん」

シヅキさんが心配そうに首を傾げる。

どうしたもこうしたもない。振り返った瞬間、視界に飛び込んできたあまりにも『刺激的な光景』に驚きすぎて、咳き込んでしまったのだ。

「し、しし、シヅキさん⁉　そ、その水着は……⁉」

セリナも俺と同じく仰天し、声を上擦らせていた。

――とにかく肌色が多い。

布面積が極端に小さい水着……そう。シヅキさんが着ているのは、いわゆるマイクロとかブラジリアンとか、そういう名のつくやつだ。

いや……あれは本当に着ていると言っていいのか。大事なところを隠すとかそういう問題じゃなく、最早大事なとこしか隠せてないぞ？　あれを身に纏うことを本当に『着る』という文明的な行為にカウントしていいのか？　だってシヅキさんのダイナマイトボディがほぼそのまま露出されているんだぞ、あれ？

「あ、アキト！　そんなにジロジロ見ちゃダメ！」

俺がシヅキさんの過激水着に混乱していると、ぎゅむっとセリナに目を塞がれた。

「い、今のシヅキさんの格好は刺激が強すぎます！　だからアキトは見ちゃダメっ！」

しかもセリナは焦っていて力を加減できないのか、ぎゅーと俺を抱き締める勢いだ。

そのせいで何やらむにゅっと柔らかいものが腕とか背中とかに密着している。さらに言うと目を塞がれているため、その感触をやけに鮮明に感じ取ることができた。

あかん。これは俺の理性が飛びかねん……！

何とかセリナを説得して、早く手を放してもらわなければ──そうだ！

「ふっふっふ。無駄だぜ、セリナ」

「え、な、何が？」

「武術の達人は心眼（しんがん）という奥義（おうぎ）を修得しているという。たとえ暗闇（くらやみ）であろうとも、相手の動きや気配を感じ取ることができるってやつだ。この意味がわかるか？」

「それがどうしたの……あっ。ま、まさか！」

「ふっ、気づいたみたいだな」

目隠ししながら意外とノリノリで返してくるセリナに、俺は不敵に笑ってから告げる。

「つまり俺くらいの英雄ともなればたとえ目隠しされていようと、心眼でシヅキさんのえげつないほどセクシーな水着姿を鮮明に感じ取ることができる！　だから目隠ししても無駄だ！」

「武術の奥義をそんな使い方しないでよ!?　というか、それホントなの!?　さすがに嘘（うそ）じゃないかな!?」

「あ、試してみる？　じゃあシヅキさん、ちょっと適当にポーズ取ってくれない？」

「？　よくわかりませんけどわかりました。えっと……こんな感じでよろしいですか？」

「ふむ。シヅキさんは今、右手を頭の後ろに、そして左手を腰に当てた体勢……いわゆるセクシーポーズを取ってる」

「ほんとに合ってる⁉　ちゃんと目隠ししてるのに⁉」

まあね。魔力がなくても、ちゃんと集中すればこれくらいお茶の子さいさいですよ。

「これでわかったろ。目隠ししても意味ないから、早く放しむぎゅっ」

「むぅ～～っ！　手だけでダメなら、こうすればさすがに見えないはず！」

「……あの、セリナさん？　何か俺の顔にやたらと柔らかくて気持ちのよいものが当たっているんですが、これってもしかしなくても……？」

「その通りでございますアキト様。セリナ様は今、手の代わりにご自身の胸部を使って目隠しをしております――つまり先日の慰めハグと同様の体勢でございます」

「ごめんセリナ！　実は目隠しされてた時、肌が密着してたのが照れ臭くてわざと強気に出ました！　だからさっきより密着してる今は理性がやばいので早急に放してください！」

「や！　だってシヅキさんのこと見てたアキト、えっちな目してたもん！　だから、やっ！」

「あらあら。お若いかっぷるなだけあってお熱いですね。こうも見せつけられてしまうと、私も若い頃を思い出してしまいます」

「というかセリナ。そろそろ本当に放さないと、アキトが窒息するわよ」

まだプールに入ってもないのに、やたらと盛り上がるメンバー一同。これは俺の心眼情報だが、あまりに騒がしいもんだから他の利用客の注目を集めちゃってる始末だった。

そんな中で一人だけ。

「……あの、私はもうウォータースライダーに行っていいのだろうか」

何やら盛り上がっている俺たちに割り込むのは気が引けるけど、でもプールが楽しみで待ちきれないといった様子でおずおずと確認してくる、マイペースな女勇者がいるのだった。


不思議な気分だ、とミツネは素直に思った。

ミツネは現在、プールサイドにあるビーチチェアに座りながら、この屋内プールの光景をぼんやりと眺めていた。

「それじゃ、行くよー？」

波のプールではセリナとアキト、シルヴィアとシヅキが一緒になって遊んでいる。

波のプールは奥に行くほど水深が深くなるという本物の海辺を模しているようで、アキトたちは腰くらいまで水に浸かるような位置でビーチバレーまがいのことをしていた。

特に明確にレギュレーションを決めているわけではなく『何となく二手に分かれてラリーし、ビーチボールを水面に落としてしまったほうが負け』といった感じの、ふんわりしたルールで遊んでいるようだ。

チーム分けは『アキトとシルヴィア』対『セリナとシヅキ』のようだ。

「そっち行ったぜ、シルヴィア！」

「ああ、任せろ！　せいっ！」

「きゃっ……ごめんなさい、シヅキさん。ボール、後ろに飛んでいっちゃ——」

「ご心配には及びません、セリナさん！　あのルーズボールは私にお任せください！」

「シヅキさん!?　どうして水面を軽快に飛び移っていくみたいな動きで移動できるんですか!?」

「あ、クソ。俺も魔力さえあれば、ああやってボール追えるのに」

「しかし足に集中している気がとても綺麗で、なおかつ静かだな。私もあそこまで見事な水面渡りはできない。さすがシヅキ、いいものを見せてもらった」

「ちょっと待って、その口振りだと二人共あれと同じことができるの!?」

そのはしゃぎっぷりときたら、他の利用客と比べても群を抜いている……いや他の利用客がシヅキのように水面を飛び移るなんて達人級の動きができるとは思わないが。

「さっきまでシルヴィアを筆頭に皆、呆れるほどウォータースライダーを滑ったり、流れるプールでただ目的もなくぷかぷか浮かんだりと遊び倒していたはずなのに、まだまだ元気いっぱいよね。感心しちゃうわ」

そう黄昏れているように言ってから、ミツネは自嘲気味に苦笑する。

「いやまあ、それを言うなら私だってついさっきまで一緒にはしゃいでたわけだけど」

ただふとした拍子にグループから抜けて、こうして物思いに耽ってしまっていた。

ここ数日。こんな感じで、いつもの調子が出ない。

その原因は、改めて考えなくてもわかっている。

生まれ故郷であるこの世界に戻ってきたからだ。

戻ってきたはずなのに——けれど、どこか『ズレ』があるからだ。

(吸血鬼と人間が共存している世界……私の知らない……当たり前、か)

街で見回りをしていた時にも感じた不思議な感覚。両種族が共に生きる社会構造。今このプールにいる利用客の中にもミツネの同族が混じっていて、当然のように人間と一緒にいる。

それはミツネがこの世界にいた頃には、想像できなかったものだ。

いや革命軍の頃にミツネはシヅキやアキトと一緒にいたので、吸血鬼と人間が仲良くしている光景はもちろん知っているのだが……しかしそれは局地的な話であって、こうして社会構造そのものがそうなっている姿は、あまりイメージできていなかった。

(そう言えば、いつか秋人が言ってたわね。異世界に召喚されすぎて、元々自分が住んでた世界にも『ズレ』を感じるようになったって……それってこういう感覚なのかしら)

世界そのものから自分だけ『仲間外れ』にされたような寂しさ。

自分が生まれた世界に戻ってきて、しかし百年の月日が経ち自分が知る世界とは変わっていて。

けれどそれは――いつか妹が夢見ていた世界そのもので。

そして、そんな妹に似ているクビワという少女がいる。

（……あ――っ！　何やってるのかしら、私は！）

がしがしと頭をかく。いろんなことが一遍(いっぺん)に起こりすぎて、うまく処理できない。

調子が狂う。面白(おもしろ)くない。世界最強の吸血鬼と謳(うた)われていた自分らしくない。

こんなんだからアキトやセリナに、こうして連れ出されて――

「――ご一緒に遊ばれないのですか？」

「ひゃ！　な、何⁉」

突然横合いから声をかけられ、思わずミツネは変な声を出してしまった。

「皆様と遊ばれないのかなと。先ほどまではご一緒されていたので」

そこには無表情のまま静かに佇(たたず)むクビワがいた。

「あー、うん……ちょっと遊び疲れて休憩(きゅうけい)してたの。気にしないで」

「ミツネ様が疲労？　それは妙でございます」

「妙？　何が妙なの？」

「こちらのプールにはすべて特殊な術式が施(ほどこ)されており、種族的に水を苦手としている吸血鬼の方々でも問題なく遊べるようになっているはず。だというのに最強の吸血鬼たるミツネ様がこうして休憩するほど疲労してしまうとは……もしや術式が何かしらの不具合で作動しておらず、それ故にミツネ様は弱点となる水によって極端に疲労を――」

「あ、そういうのじゃないから安心しなさい」

「？　そうなのですか」

「ええ。というか私、水がダメっていう吸血鬼の弱点、とっくの昔に克服してるし」

「左様ですか。それは失礼しました」

そこまで喋って、途端に会話がなくなった。

特に話題がなかったので、ミツネはクビワから視線を切り、ビーチボールで遊ぶアキトたちを見やる。クビワもクビワで何故かミツネの横から立ち去らず、その場に佇み続けた。

「――一つ、お聞きしてもよろしいでしょうか」

そんなお互いの沈黙を破ったのは、不意に口にされたクビワの問いだった。

「マツリ様はどんな方だったのでしょう」

そのピンポイントな質問にミツネは驚き、クビワの方を見る。

クビワの感情に乏しい紅色の瞳が、静かにミツネを映している。

「……どうしてそんなこと聞くの？」

「ミツネ様はマツリ様に外見が酷似するわたくしに対し、わだかまりを抱かれております」

「それは……」

「申し訳ありません、そのことについてわたくしから何か物申したいというわけではありません。むしろマツリ様の姉というミツネ様の立場を鑑みれば当然のことだと判断します」

「……」

「ただ死神の瞳や通り魔の問題を解決するにあたって、そのわだかまりは早期に解消しておいたほうがよいと判断しました」

「……それで、マツリのことを聞いたの？」

「はい。ミツネ様とマツリ様は姉妹として良好な関係を築いていたと聞いております。なのでわたくしがマツリ様のようになれれば、ミツネ様との関係を改善できるかと――」

「はあ？　貴女、それ本気で言ってるの？」

クビワが口にしたことに驚き、思わず突っかかるような声を出してしまった。

「？　わたくしが何か間違ったことを口にしましたか？」

クビワが無表情のまま首を傾げる。

この娘は、どうやら本気で気づいていないらしい。

それにちょっとだけイラッとして、ミツネはついキツめの口調になってしまった。

「あのね。いくら似てるっていっても、貴女とマツリは別人なの。だから貴女が無理してマツリになろうなんて考える必要は――」

そこまで口にしてから、はっとした。

マツリとクビワは別人。いくらシヅキがマツリに似せて作ってしまった式神とはいえ、クビワにはちゃんとした別の魂が宿っている。

クビワにはクビワの人格があるし、性格だってマツリとまるで違う。

だというのに――自分は何故、クビワに対してわだかまりを抱いていたのか？

頭ではわかっているつもりだった。けどそれは、どうやら『つもり』だっただけらしい。

「ミツネ様？」

話の途中でいきなり沈黙したミツネを、クビワが不思議そうに見てくる。

それに返答する代わりに、ミツネは大切なことをクビワに確認した。

「……貴女、アイスの味は何が好き？」

「？　どうしました急に」

「いいから答えて」

「……強いて言えば、抹茶アイスでしょうか」

「プリンの味は？」

「同じく抹茶プリンを好んで食べます」

食べ物の好みが、妹のマツリとはまるで異なっている。

それを聞いてようやく、ミツネはずっとずっと胸の奥に抱え込んでいたモヤモヤが晴れたような、そんな気がした。

（マツリはマツリ。そしてこの子はこの子……この子にはマツリとは別の人格、魂がある）

ああ——そんな簡単なことに今更(いまさら)ながら気づくとは。

それを自覚した途端、何故だか知らないが無性(むしょう)に笑いがこみ上げてきた。

「ふふ、ふふふ。そうね、当たり前のことなのにね。何で今まで考えなかったのかしら」

「？　ミツネ様」

ひとしきり笑ってすっきりした後、ミツネはクビワを見やる。

クビワは突然笑い出したミツネを不思議そうな目で見つめていた。

赤い瞳。感情は乏しいけれど、生真面目(きまじめ)な性格が伝わってくる、そんな目。

色だけではなく、妹とは雰囲気が違うその目を見て——ふと昔のことを思い出した。

「——目にはその人の魂が宿る、か」

「？」

「昔ね、妹がそんなことを言ってたのよ」

「目には魂が宿る……」

「ええ。貴女の目を見てたら、ふと思い出しちゃった」

そう言って、ミツネは吹っ切れたように笑った。

「ごめんなさい。貴女の言うとおり、私は妹の影に囚(とら)われて貴女を見てなかった」

「……」

「でも、それは今この瞬間までにしとく」

それからミツネは彼女に呼びかける。

おそらく今まで一度も、ちゃんと呼んでいなかった彼女の名前を。

「――クビワ。私はこれから、ちゃんと貴女に向き合います」

微笑みながら宣誓する。他の誰でもない己自身に向けて。

今までの不甲斐なかった自分と、さよならをするために。

すると、それを聞いたクビワは呆気に取られたように目を見開いた。

「……ミツネ様は優しい方だったのですね」

次の瞬間。クビワの顔には、笑みがあった。

感情を面に出さない彼女が初めて見せた微笑。それは口角がわずかに上がっただけの、本当に微細な変化だったが……クビワが自分に笑みを向けてくれたことが何故か無性に嬉しくて、ミツネは笑みを返す。

「そうかしら？」

「ええ。わたくしをわたくしと見てくださると、わざわざ伝えてくださるあたりが特に」

それからクビワは何か思うところがあったのか、わずかに目を伏せる。

「このような優しい姉がいて――マツリ様が羨ましいです」

ぽそっと呟かれた言葉。それには、何やら寂しさが含まれているように感じた。

「あう？　妹分ってことなら、今からでも遅くないわよ？」

「……ありがとうございます。考えておきます」

生真面目に返答しながら、クビワはやはり寂しそうに笑う。

先ほどの言葉を彼女がどんな想いで口にしたのか、ミツネにはよくわからない。

ただ……それを今、無理して聞く必要はないだろう。

だってもう、わだかまりは溶けてなくなったのだから。クビワが話したくなった時に改めて聞けばいい。

「んー！　よしっ。また思いっきり遊びたくなったわ」

ミツネが話を打ち切るように、思いっきり伸びをする。それからすでに無表情に戻ってしまったクビワと自然に手を繋ぎ、先導するようにぐいぐいと引っ張った。

「さ。行くわよ、クビワ」

「あ――はい」

戸惑いながらも律儀に返答してくるクビワを引き連れて、ミツネはアキトたちのところまで駆け足で近寄った。

「秋人。私たちも混ぜなさい」

「ん？　おっ」

「あっ……！」

手を繋ぐミツネたちを見て、アキトとセリナがどこか嬉しそうな顔をした。

（まったく……この子たちはこれで隠しているつもりなんだから）

そんな二人を内心で微笑ましく思っていると、アキトがニヤニヤして声をかけてくる。

「何だ。いつの間にか仲良くなったみたいだな」

「ええ。おかげさまでね？」

ミツネがわざとらしく強調して言うと、アキトとセリナの二人は目を丸くした。

それからセリナはバツが悪そうに笑う。

「たはは……バレちゃってましたか」

「ま、きっかけを作ってくれたことには素直にお礼を言うわ。ありがと、セリナ」

「？　何のお話でしょうか」

クビワが不思議そうに首を傾げる。

「ふふ。何でもない」

ミツネがちょっとだけ悪戯っぽく言う。

「そんで。混ざるっつー話だけど、二人はどっちのチームに入るんだ？」

と、アキトがその話題は終わりだと言わんばかりに、ビーチボールを掲げながら言った。

ミツネは人差し指を口元に当てながら、ちょっと考える。

「んー、そうね。せっかくだからそっちの師弟チームとおっぱいチームに、私とクビワのチームを加えて三つ巴ってのはどう？」

「おっ。面白そうだな、それ」

「ミツネ!? そのおっぱいチームって何!? さすがにそこまで露骨なネーミングは不服なんですが……っ！」

「うっさい、この巨乳娘。プールでの水着シチュだからって、これ見よがしに自分の持ち味を活かしちゃってからに。私が成敗してあげるわ！」

「さ、さすがに成敗の理由が理不尽じゃないかなっ!?」

さっきまで遠巻きに見ていた騒がしさ。

その騒がしさに、今は自然と加わっていられることに気づき、ミツネは晴れやかな気持ちになった。

たぶん自分はいつもの調子を取り戻せた。

願わくば、この心が晴れやかになる騒がしさの中に、いつまでもいられるように――。

今一緒にいる仲間たちと思いっきりはしゃぎながら、ミツネは心からそう思った。


夜の帳が下り、その部屋は闇に満たされていた。

屋根裏のようなその部屋の灯りは、中央に置かれた一本の蠟燭のみ。

そしてその蠟燭を正面にして、狐面の人物が正座していた。

「――――」

ぼんやりと照らされる狐の面。

その者はただ折り目正しく座したまま、蠟燭の火を眺めて時を過ごしている。

「……刻限ですか」

そんな狐面に、背後から声をかける者がいた。

少なくとも人型の者。蠟燭から離れたところにいるため、その容貌ははっきりとは見えない。

暗闇に紛れて現れたその者に対し、狐面は振り返らない。ただ蠟燭に向き合っている。

「承知いたしました。では予定通り、計画を進めさせていただきます」

「――――」

「いいえ、迷いなどございません」

そう言って何者かは一歩、狐面の背に静かに歩み寄った。

それによって蠟燭の灯りが、ぼんやりと『彼女』の容姿を暗闇に浮かび上がらせた。

その者は――クビワ。

赤い瞳を持つ式神の少女は、決して振り返らない狐面に対して恭しく一礼する。

「元よりわたくしはそのように作られた身。計画を滞らせるような真似は、決して」

顔を上げたクビワは感情を面に出さぬまま告げる。

するど狐面がおもむろに立ち上がる。

「――――」

そのまま狐面は振り返り、しばらくクビワを見つめる。

やがて狐面がクビワから視線を切り、彼女の脇を通り過ぎて暗闇に消えていった。

狐面がいなくなり、薄暗い室内に静寂が訪れる。

ただ蠟燭の火が揺らぎもせず部屋を照らしていた。

そんな中、クビワは己の手を胸に当てた。

「……わたくしに迷いなどありません……ええ、あるはずがない」

まるで己に言い聞かせるように、クビワは口にする。

と、今まで静かに燃えていた蠟燭の火が、隙間風もないというのに一度小さく揺らいだ。

それはまるで、誰かの心の迷いを映し出すかのように。


みんなで屋内プールへ息抜きに行った、その数日後。

死神の瞳に奪われた俺の魔力は、特にトラブルもなく、目算通りに全快した。

「よし。魔力はばっちり元通りだな」

時刻は夜。場所はすっかりこの世界での俺の自室みたいになってしまった保安機構の客室。

俺は軽く手を開閉して、魔力の通りをチェックする。うん、問題ない。

隣でそれを見ていたセリナが安心したように胸を撫で下ろす。

「よかったー。これで一安心だね」

「はい、全快といって差し支えありません。もうわたくしの介護も必要ないと判断します」

セリナに続き、クビワも満足したように頷く。

一仕事終えたと言わんばかりのクビワに、俺は冗談っぽく笑いながら肩を竦める。

「しかし、これでクビワの過保護から解放されると思うと、ちょっと寂しいな」

「………………」

が、クビワの反応はない。彼女はわずかに顔を伏せ、何かを考え込むように黙っている。

「クビワ？　どうしたんだ、そんな真剣な顔で」

そう問うと、クビワがはっとした様子で顔を上げた。

その紅色の瞳が、じっと俺を見据える。それからしばらくしてセリナにも同じような視線を送り、何かを決意したかのようにその口を開いた。

「いえ、何でもございません。ご心配をおかけしたようで申し訳ありません」

「そうか？　ま、何か悩み事なら遠慮なく言ってくれ。話を聞くくらいなら――」

残念ながらクビワを気遣ったその言葉の続きは、口にすることはできなかった。

何故なら――強大な魔力を感じ取り、全身に悪寒が走ったからだ。

「ッ」

肌がざわつくような気配。己の安全を脅かす何者かがこちらを狙っているのだと、理性ではなく本能が『戦いの予感』を嗅ぎつけ、アラートを鳴らしている感覚。

すなわち、敵襲だ。

しかも俺がその魔力を感じ取ったのは初めてではない。

敵の気配を察知した瞬間。脳裏に幻視したのは——狐面の姿。

間違いない……例の通り魔がここに攻め込んできてる！

「アキト、これってッ！」

「っ……緊急事態と判断します」

どうやらセリナとクビワもその敵性を有する魔力を感じ取ったらしい。

「ああ。どうやら相手さんは襲撃を隠すつもりがねーようだな。なめられたもんだ」

狙った獲物はこそこそと隠れて盗むのではなく、正面から力尽くで奪い取る。そんな自信がひしひしと伝わってきやがる。

「クビワ、死神の瞳のとこに行くぞ！」

「承知いたしました。現在、死神の瞳は保安機構内の祭壇にて封印してあります。わたくしが先行してご案内いたしましょう」

クビワは冷静に頷き、真っ先に客室の襖を開けて飛び出した。

俺とセリナもクビワの後に続いて客室を出て、屋敷の廊下を高速で走り抜ける。

「ぐっ……」

「ぅ……くそ……」

クビワの案内で死神の瞳が封印されているという祭壇に近づくにつれ、チラホラと保安機構の職員が倒れている姿が目に入った。その中には初日に廊下で出会った男女もいる。

ぱっと見でしか判断できないが、負傷者はいるものの死人は出ていないようだ。

「やべぇな。もう大分侵入してる」

「っ、急がないと！」

セリナが一度何か迷ったような素振りを見せてから、そう言った。たぶん残って怪我人(けがにん)の治療がしたかったのだろう。しかし死神の瞳を守るのが優先と判断し、ぐっと堪(こら)えたらしい。

「承知いたしました」

セリナの言葉にクビワが頷き、走る速度を上げる。

「ん？」

その時だ。進行方向にある角から、ミツネとシルヴィアが現れた。

彼女らはそのまま俺たちと合流して並走する。

と、ミツネが前方を向いたまま確認してくる。

「ここに来るまでの間に、あの狐面は見た？」

「いや」

「そう……なら急いだほうがよさそうね」

ミツネがかなりの速度で走りながらも、極めて冷静な物腰で言う。

それからしばらく。俺たちは点々と倒れている保安機構職員を目印にするように屋敷内を走り抜け、祭壇へと到着した。

出入り口となる木製の立派な扉は、開け放たれていた。

誰かがすでに訪れている。それをこの場にいる全員が察したのだろう。俺らは逸る気持ちのまま駆け、開け放たれた扉から祭壇の間らしき部屋へと足を踏み入れる。

「死神の瞳は!?」

その部屋は、結構広かった。正面の壁際には大きな鏡らしき祭具を祀っている棚がある。

しかし今はその立派な祭具よりも目を引くものが、部屋の中央にあった。

床に大きく描かれている陰陽術らしき方陣。その術陣の中央には花瓶台のような木製の台座があり、そこに《死神の瞳》が鎮座していた。

「ミツネ……それに皆さんも」

そしてそのすぐ脇には死神の瞳を守るように佇むシヅキさんがいた。彼女は祭壇に入ってきた俺たちに気づき、息も絶え絶えに呟いた。

負傷している。額から血を流し、呼吸も荒い。あれだけ見事だった彼女の和服も、今や所々破れていたり血が滲んでいたりと悲惨な状態になっていた。

「申し訳ありません……私一人では、持ちこたえるだけで精一杯で……」

どうやら先にこの場に到着したシヅキさんは襲撃してきた狐面と抗戦し、何とか死神の瞳を守護していたらしい。

「シヅキ様！」

「シヅキさん！　その怪我……！」

シヅキさんの姿を目にしたクビワとセリナの二人が、血相を変えて彼女に駆け寄る。

途端、シヅキさんの表情が険しく歪められた。

「気をつけてください！　まだ潜んでいます！」

俺がその忠告を耳にし、瞬時に意味を理解したのと同時。

ぞるり、と背後から何かが現れる気配がした。

「ッ！」

即座に振り返る。

そこで目にしたのは、俺の影から浮かび上がるように出現する狐面の姿――。

「セアッ！」

隣にいたシルヴィアが振り向きざまに一閃。奇襲を迎え撃つように狐面へ刃を走らせていた。

直撃は……しない。狐面はゆらりと仰け反り、シルヴィアの鋭い剣閃をかわす。

ただその剣先が、お面をわずかにかすっていた。

その隙に俺とミツネ、シルヴィアは狐面から距離を取るため一斉に跳ぶ。

そのまま俺たちは死神の瞳を守るシヅキさん、彼女の傍にいるセリナとクビワを背で庇うような位置まで下がり、態勢を整える。

狐面は、動かない。

相手の奇襲を防いだ。これで仕切り直しを——、

「——ああ、やっと気を緩めてくれました」

背後から声がした。

酷く落ち着いた声音。それは、さっきまで息も絶え絶えだったそれと同じものだった。

瞬間。床に描かれていた陰陽術の方陣が、パリンッと甲高い音と共に弾けて消えた。死神の瞳を封印していた術が解かれてしまったのだと一瞬遅れて気づく。

一体、何が起きているのか。

背後を見やる。そこには——何故か死神の瞳を手にしたシヅキさんがいた。

彼女は酷く冷たい目をして、ミツネの背後を取っている。

「ッ！　シヅキ、貴女……！」

さすがと言うべきか。この意味のわからない事態が連続している中、ミツネは驚愕しながら

も咄嗟に反撃しようと動いていた。

……が、そのミツネの体は、まるで何かに堰き止められたかのように途中でぴたりと止まった。

「なッ!?」

勝手に動きが止まった己の体に、ミツネが目を見開く。

光の輪があった。

ミツネの手首と足首。計四箇所にいつの間にか施された拘束魔法。

その発生源をミツネは即座に見やった。

「――クビワ？」

ミツネが信じられないといった様子で目を見張る。

クビワだ。彼女はミツネの動きを止めた拘束魔法と同じ光を放つ術符を手にし、無表情のままミツネを見つめていた。

「……申し訳ありません」

クビワがそう口にした、その瞬間。

死神の瞳が起動し、ミツネの魔力を吸収した。

ミツネの魔力を吸った死神の瞳が、一度激しく光を放つ。

その光が収まると――死神の瞳の紋様(もんよう)は、そのすべてが金色に変貌(へんぼう)していた。

ミツネの魔力を吸収したことで、死神の瞳は完成してしまった。

すべては一瞬の出来事だった。

シヅキさんが死神の瞳を手にしてから、ミツネの魔力が奪われるまで、ほんの一瞬。

あまりに理解不能な展開の連続に思考が追いつかず、俺は反応することができなかった。

「あ、ぐっ……！」

魔力を奪われたミツネがまるで糸が切れた人形のように、前のめりに倒れていく。

「……失礼いたします」

と、ミツネが床に倒れ伏す前に、彼女の体をクビワが支えた。

その労(いたわ)りが滲(にじ)む行動に、逆に違和感を覚える。

動かなくなったミツネに肩を貸したクビワと、負傷していたはずのシヅキさんは、俺たちから距離を取るようにして跳ぶ。

そうして二人は狐面の隣に立った。まるで『自分たちはこちら側だ』と主張するように。

「おいおい二人とも、何してんだ？　冗談キツイぜ？」

俺は自身の狼狽(ろうばい)を隠すため、あえて笑いながら軽口を叩(たた)く。

セリナとシルヴィアの二人は何も言わなかった。困惑(こんわく)して言葉が出てこないといった方が正しいかもしれない。

クビワとシヅキさんは俺の問いには答えない。

こちらの呼びかけを無視して、シヅキさんが完成した死神の瞳を狐面に手渡す。

それを狐面が受け取った、次の瞬間だった。

「──────」

ぴしっ、と狐面に亀裂が入った。

奇襲時の攻防。シルヴィアが放った剣閃が掠ったことで、お面は破損していたらしい。

お面は斜めに綺麗に割れ、からんっと虚しい音を立てて床に落ちる。直後、その姿が淡い光に包まれた。おそらく狐面に施されていた認識疎外の術が解けて、本来の容姿に戻ったのだろう。短かった髪は一瞬で長くなり、中性的だった体のラインは女性らしくなっている。

そうして現れた素顔に、俺たちは息を呑んだ。

その人物が──あまりにも見覚えがあったから。

「……シヅキさん？」

セリナが信じられないといった様子でその名を口にする。

その表情に、普段のたおやかな微笑みなどは一切なく。

けれど、無感情な瞳でこちらを見据えているのは──確かに安部シヅキその人だった。

五話 魂を繋ぎ止めるもの

I will have
my 11th reunion
with her.

「シヅキさん……二人？」

セリナがその不可解な現象に困惑していた。

狐面の通り魔に扮していたシヅキさん。

さっきまで死神の瞳を守り、そして裏切ったシヅキさん。

同一人物が二人存在する現象。それを俺たちは以前、目にしている。

『陰陽術……しかもかなり熟練された影分身ね。ただの通り魔にしてはやるじゃない？』

一度目に通り魔と抗戦した際に、ミツネが発した言葉。

その情報と、たった今目の前で起きている現象を照らし合わせ、一つの結論に至る。

「ええ。お察しのとおり影分身です」

俺の思考を読んだかのように、狐面をしていた方のシヅキさんが淡々と口にした。

次の瞬間。俺たちがシヅキさんだと思っていた方の姿がうっすらと透けていき、人魂のような青火となってから消えた。

「最初にアキトさんの魔力を奪った時も、通り魔の方が本物の私。セリナさんやシルヴィアさんと共に行動していた方が影分身の私でした」

彼女自身が語るその自白めいた種明かしが、明確に物語っている。

すなわち――死神の瞳を用いた通り魔の正体が、安部シヅキなのだと。

「まんまと……やられた、わね……」

と、クビワに肩を貸されてぐったりしているミツネが、途切れ途切れに言った。

どうやら意識はあるらしく、俺は声をかける。

「ミツネ、大丈夫か」

「……ええ。貴方の時と違って、少しだけ魔力が残ってるから……どうも死神の瞳は……私の魔力を吸い尽くす前に、その器を満たしたみたいね……」

そう返答してくるものの、ミツネの額には汗が滲み、顔はかなり青ざめている。

魔力をほとんど失い、相当弱っている。しかも両手足にはまだクビワによる拘束魔法がかけられているため、満足に動けないようだ。

「まったく……親友に対して、随分と手酷いことしてくれるじゃない、シヅキ……」

ミツネが皮肉げな軽口を叩きながら、シヅキさんを見やる。

「あんな戦い方もできたのね……貴女、式神を使った支援が得意だったでしょうに……影分身を使って前衛も後衛もやるなんて力業のスタイルに、いつ変えたのよ……？」

「人は百年も生きれば変わりますよ。自然とできることも増えるものです」

「そうね……ふふ。昔と全然『感じ』が違ったから、実際に戦っても気づけなかったわ……」

ミツネは自嘲気味に笑う。まるで通り魔の正体に気づけなかった己を責めるように。

俺も気づくことができなかった。記憶にあるシヅキさんの戦闘スタイルと、繁華街で戦った通り魔のそれとはあまりにもかけ離れていたから。

ただ今シヅキさんが通り魔の正体だと知って、合点がいくことがいくつかある。

例えば——何故終始無言だった狐面の言いたいことをクビワは把握していたのか？

それはおそらく、両者が主とその式神という特殊かつ密接な関係にあったからだ。

「……シヅキ。貴女、何がしたいの？」

ミツネが声音だけは気丈さを保ちながら、シヅキさんを問い質す。

「死神の瞳を奪って……通り魔までして魔力を集めて……一体、何をするつもり？」

「説明したでしょう。死神の瞳は他者から魔力を蒐集し、死神と契約する秘宝です。それによって死を自在に操れるようになる」

「だから、それで何をするつもりなのよ……？　それで世界の均衡でも崩すつもり？」

「いいえ違いますよ。これでも私は保安機構の長官、そのようなことは望んでいません」

シヅキさんは穏やかに首を振る。

それから彼女はとても静かだが、しかし決意を秘めた声でこう告げた。

「私の目的はたった一つ――マツリを生き返らせることです」

それを聞いた瞬間。胸の奥がぞわりと撫でられるような悪寒がした。

「マツリを……生き返らせる？」

俺と同じ想いを抱いたのだろう。ミツネもその動揺を表情に出していた。

シヅキさんとクビワの目的は、マツリを生き返らせること。

要するに、それは《死者の黄泉がえり》。

「死神の瞳を使えば死を自在に操れるって聞いた時点で、その可能性は考えてたが……本当にそんなことができるのか」

「前例は確認されておりません」

動揺を露にした俺の言葉に対し、クビワは意外にもそんな解答を口にした。

「前例はない？　……どういう意味だ」

「死神の瞳は他者の魔力を蒐集し、死神と契約する術具……そういった伝承は残っているものの、実際にそれを成功させた者は一人も存在いたしません」

クビワが口にした情報に、俺は驚きを隠せなかった。

シヅキさんがクビワの説明を引き継ぐように言う。

「ある者は己の不老不死を願って。ある者は不死の軍団を作ろうとして。ある者は私やクビワのように死者の黄泉がえりを試みて……今まで様々な術者が死神の瞳で死を操ろうとしましたが、その全員が死神との契約に失敗しているのです――たとえ死神だろうと、それは神の業。人のみでそれを借り受けるのは過ぎた所行ということでしょう」

「なら何でそんなもんが存在するんだ……どうせ失敗するなら、そんな秘宝は無意味だろ」

「たとえ死神と契約し、死を操る御業を借り受けることができなくとも……死神の瞳は死神をこの世に喚び出すことまではできるのです。神降ろしが可能というだけで、それは人知を超えた大秘宝でしょう?」

「……」

「あとは降ろされた死神と契約するだけ。だから私はこの百年、死神の瞳を研究し尽くしました。そしてようやく……ようやく、実現にこぎ着けたのです」

シヅキさんが積年の苦労を滲ませた声を出す。

「だからミツネをこの世界に呼び戻しました。マツリを生き返らせ、彼女と再会させてあげるためです」

「……じゃあ死神の瞳に関する事件を解決して、世界を救ってくれって話は?」

「申し訳ありません。それは方便です。どう説明しようと、ミツネは私たちの目的に協力してくれないと思ってのことです。まさかアキトさんや他の方々もご一緒についてこられるとは予想外でしたが……おかげで儀式に必要な魔力を大幅に回収することができました」

シヅキさんはそこで一度、静かに目を閉じる。

「すべては、この平和な世界の礎となってしまった親友らのため」

まるで詩を詠み上げるかのように淀みなく、静かな独白。

「世界の平和のために犠牲となったマツリを生き返らせ、あの日悲しみに暮れたミツネと再会させてあげたい……私の目的は、それだけです」

けれどその独白は、深い悲しみに満ちていた。

「ただその一心で生きてきた……悲しい結末を迎えた親友二人を傍で見ていることしかできなかった私は……この百年、ただそのためだけに……」

──ああ、同じだ。

彼女はずっとずっと、その胸の奥に俺と同じ痛みを抱えてきたんだ。

ミツネとマツリを助けてあげたかった。

世界の平和のために友を犠牲にしてしまい、罪の意識に苛まれ続けた。どこかで救う方法はなかったのかと、ずっと後悔し続けた。

そして彼女は俺なんかよりずっと長い時間──百年もの間、その想いを抱き続けた。

それは最早願いではなく、妄執と化しているだろう。

「──クビワを作ったのも、すべてこの日のためです」

シヅキさんの想いに共感し、感傷に浸ってしまっていた思考は……彼女が放ったその一言で現実に引き戻された。

「おい、ちょっと待ってくれ。その物言いだと、もしかして……？」

「はい。今だからこそ明かしますが――クビワは本来式神などではなく、マツリを生き返らせるために必要な『魂の依り代』なのです」

口にされたその単語に、嫌な予感がべっとりとまとわりついてくる。

「依り代って……なあ。それじゃまるで、マツリを生き返らせるためにクビワが犠牲になりそうな言い方じゃないか？」

「……」

俺の問いかけにシヅキさんは答えない。当人であるクビワも、無言のままシヅキさんの後ろに控えているだけだった。

その沈黙が何よりの答えだ。

「そん、な……」

セリナが悲痛に掠れた声を出す。

「謀っていたことへのせめてもの償いとして、すべて説明させていただきました。私の勝手な行動に付き合わせてしまい、重ね重ねお詫び申し上げます」

と、シヅキさんが俺たちに向かって、深々と頭を下げる。それに合わせてミツネに肩を貸しているクビワも無言のまま一礼した。

「それでは失礼を」

そう断りを入れたシヅキさんは、いつの間にか数枚の術符をその指に挟み持っていた。

轟ッ！　と術符から青色の火が溢れ出す。激しく燃え盛るその青い焔に巻かれ、シヅキさんとクビワの二人はミツネごと姿を消した。転位の術でどこかへと飛んで逃げたようだ。

「……」

死神の瞳を奪って消えた彼女らを、俺は見ていることしかできなかった。

ミツネが人質のように囚われていたというのもある。ただそれ以上にシヅキさんが死神の瞳を求める理由が、ミツネとマツリのためだと知って、呆然としてしまっていたのだ。

「アキト……大丈夫？」

そんな俺を心配してか、セリナが遠慮がちに声をかけてくる。

「……ッ！」

パーンッ！　と俺は自分の手で両頬を引っぱたいた。

いつか弱気になっていた俺を、ミツネがそうやって激励してくれたように。

突然自分の顔を叩いた俺を、セリナとシルヴィアがぎょっとした目で見ていた。

「すまん。ちょっと戸惑ってた」

俺はそんな二人に真っ直ぐに向き合う。

「シヅキさんたちを追おう。ミツネも攫(さら)われちまったし、このまま放っておけない」

「――うんっ。もちろん！」

「うむ。それでこそ、私の尊敬する師だ」

意気消沈しかけていたセリナとシルヴィアの表情に活力が戻る。

ふと、シルヴィアが眉根(まゆね)を寄せた。

「しかしアキト。追うと言っても、行き先にアテはあるのか」

「あっ。それなら私がわかるよ」

セリナが小さく挙手した。

「咄嗟(とっさ)に召喚(しょうかん)した小さな使い魔を、ミツネの懐(ふところ)に潜り込ませておいたの。私に居場所を報(しら)せてくれるだけのものだけど」

「マジか。凄(すげ)えなセリナ、めっちゃファインプレー」

「ああ。あの状況で咄嗟にそこまで考えて行動できるとはな。恐れ入った」

「えへへっ。ありがと」

セリナが満更(まんざら)でもない様子ではにかむ。

そんな彼女の笑みにほっこりした後、俺は表情に力を入れる。

グジグジ思い詰めるのは後にしよう。元々俺はそういうのが性(しょう)に合わない。

今は悩むより先に、シヅキさんたちを追わなければ。

遠い夢を見ている。

それはミツネにとって過去の思い出。

妹がまだ生きていた頃の記憶の欠片。

「マツリ」

「──え？」

革命軍本部の玄関先。ミツネが出かけようとする妹の背に声をかけると、マツリは気の抜けた表情で振り返った。

それからふっと表情を和らげて言う。

「どうしたの？　姉さんがわざわざ見送りに来るなんて、珍しいね」

「ちょっと気になることがあったの」

「気になること？」

口元に笑みを浮かべながら、マツリが首を傾げる。

いつもどおりの妹の様子。いつもどおりの表情。いつもどおりの態度。

それが、何故かミツネの胸中をざわつかせる。

──何か私に隠していないか。

そう問い質したい。否、問い質さなければいけない気がする。

「……今日はどこに行くの？」

しかし結局ミツネが口にしたのは、そのようなとりとめのない質問だった。

……違う。そんなことを聞きたいわけではない。

だが核心に触れてしまうのが怖い。触れてしまったら、もう後戻りができなくなってしまうそうな気がして……。

「もぉ、ちゃんと姉さんにも説明したでしょ。今日は視察。教育機関の建設予定地の」

と、マツリは『まったくもう』と言わんばかりに腰に手を当てた。

「教育機関？　学校ってこと？」

「そう。素敵（すてき）でしょ？」

「素敵？」

意味がわからずミツネが眉を顰（ひそ）めると、マツリは『うん』と明るく頷（うなず）いた。

「世論はもうほとんど人間と吸血鬼の共存社会に移行し始めてる。だからこれから新しく作られる学校も、人間と吸血鬼の子供たちが一緒に通えるようになるはずでしょ？」

「……」

「学校だけじゃない。他にも飲食店とか交通機関……もしかしたらプールみたいなレジャー施設も。そういったいろんな施設が、両種族が一緒にいられるように工夫されていくと思う」

そこまで言って、マツリは屈託（くったく）のない笑顔をミツネに向けてきた。

「ほら、そんな未来があるって想像するだけで素敵じゃない？」

その蒼い瞳は、そこに宿る妹の魂は、未来に広がる光景に希望を見ている。

そんな目で真っ直ぐに見つめられ、ミツネは何も返答できずに押し黙ってしまった。

「――――」

だってわかってしまったのだ。長年彼女と共に生きてきた姉である自分には。

未来に希望を見出している妹の瞳には――同時に、一抹の寂しさが秘められている。

まるで、その未来に自分が参加できないことを残念がるかのような、そんな想いが。

と、沈黙しているミツネに対し、マツリは背を向ける。

「それじゃ行ってくるよ、姉さん」

「――あ」

玄関を出た妹に思わず声を漏らす。いつの間にかその背に縋るように手まで伸ばしていた。

「？」

するとマツリは優しげな表情のまま、半身で振り返ってきた。

聞かなければならない。言わなければならない。

先ほどの寂しげなマツリの瞳を見たミツネは、そんな強迫観念に駆られる。

「っ」

しかし……ミツネはマツリに伸ばしていたその手をぎゅっと握り締めてから、引っ込めた。

「――帰ってきたら、一緒にプリンでも食べましょう」

そうしてミツネが絞り出したのは、そんな言葉だった。

本当に言いたいことを押しとどめて。

「そうね、貴女の好きなのを買っておいてあげるわ。何がいい？」

笑顔で送り出す。いつも通りに。妹がそうしているように。

するとマツリは一度きょとんとしてから、ふっと口元を綻ばせた。

「それじゃミルクプリンで」

そんな優しげで、それでいて寂しげな微笑みを残して、マツリは出かけていき――、
そして視察から帰る道中で反対派に暗殺され、この世を去った。

（……ああ、そう言えば視察の帰り道だったのよね。マツリが死んだのって……）

夢の中を漂いながら、ミツネはふと思う。

（そっか。だとするならあの子……ちゃんと学校の予定地は見ることができたのね）

マツリの死の報せを受けた時は、悲しみと激情に駆られてそれどころではなく、そしてそのまま気づかずにいた事実。

妹は、己が夢見た場所をその目にすることができていた。

だからってどうということはない。けれどその事実に気づけたことに少しばかり安心する。

（けど、姉妹の最後の会話だったのに、プリンって何よプリンって）

しばらく見ることがなくなっていた夢。

しかしこの過去を見せつけられる度に、いつも一つの後悔を思い出す。

（……『愛してる』くらい気の利いたこと言いなさいよ私。本当、姉なのに私は――）

それはミツネにとって過去の思い出。

妹がまだ生きていた頃の記憶の欠片。

魂の奥底に刻まれている――遠い遠い、後悔の夢。


意識を取り戻すと、ミツネは牢獄らしきところにいた。

横たわったまま、ぼんやりと視線をめぐらせてみる。

そこは六畳くらいの広さがある石造りの牢屋だ。頑丈な鉄格子には、何やら術符が大量に貼られている……あれは、抗魔力の符だろうか？

ミツネはその内側に設置されている、結構寝心地のいいベッドに横たわっていた。

「お目覚めのようですね」

ふとすぐ横合いから聞き慣れた声がした。

クビワだ。彼女はミツネが寝ているベッドの脇で、小さなイスに座っている。

「まだ拘束の符術をかけているため術の使用はできない他、通常の運動にもわずかに支障をきたしているかと思われます。ご理解していただければ幸いです」

　ミツネが上体を起こすと、クビワはそんな断りを入れてきた。

　その言葉にミツネは己の手首を見てみる。確かにまだ光のリング状の拘束魔法がかけられていた。しかもクビワの言うとおり体がずーんと重く、やけにだるい感じがする。

　ミツネにはまだわずかに魔力が残っているが……魔法は使用できず、体を動かすことにも制限がある。しかも留置場所は牢獄ときた。拘束はこれ以上にないくらい万全だ。

「ここは？」

「死神の瞳を研究していた施設でございます。今はわたくしどもが秘宝を奪取したことによって凍結されていますが」

「ふーん……」

「人里離れた山奥にある地下空洞を利用して敷設されております。地上部の研究棟は大きな湖のほとりから歩いてすぐのところにあり、研究に勤しむ職員たちがその湖畔を散歩コースとすることでリラクゼーション効果が望めました。窓から見える湖の景色も美しいもので――」

「や、そこまでは聞いてないわ」

「左様ですか。失礼いたしました」

　クビワが無表情で頷き、説明をやめる。彼女はこんな状況ですらいつも通りだった。

　それから特に会話はなく、牢屋内に静寂が訪れた。

　聞きたいことは山ほどある。だがどう言葉にすればいいかわからない。

「……魔力を失ったアキトを気遣っていたのは演技だったの？」

そうしてミツネの口から自然と出たのは、そんな質問だった。

「繁華街の戦いで真っ先に貴女が狙われたのも作戦だったんでしょう？　貴女を庇った相手の隙を突くっていった感じに」

「……」

「けれど、そうやってアキトを騙したにしては……看病している時の貴女は、とても真剣に彼の身を案じていたように見えたのだけど？」

……違う。そういうことを聞きたいわけではない。

あの時と同じように、自分は本当に聞きたいことを後回しにしてしまっている。

「……わかりません」

その時だ。クビワがぽそりと口にした。

「確かにあの時、シヅキ様がわたくしを狙っていたのは謀りです。わたくしを庇うのが誰であっても、その方の隙を突いて魔力を奪うために……ただ、本来わたくしを庇うのはアキト様ではなく、ミツネ様だと予想されていました。わたくしはマツリ様と容姿が似ていますので」

「臆面もなく作戦内容を明かすわね……もうちょっと弱味につけ込もうとしたことに罪悪感とか抱いてほしいんだけど？」

「申し訳ありません」

「……ま、悔しいけど確かに庇おうとはしたわ。あのお馬鹿が物凄い反応速度で庇いに行ったから動きそびれたけどね」

そう言ってミツネは肩を竦めた。

「作戦は成功し、確かに魔力は回収できました」

そこでクビワがわずかにうつむく。

「けれど……わたくしを必死に庇ったアキト様を前にした時、胸の奥が鋭く痛むような、そんな感覚を抱きました」

「……それって」

「気づけば魔力を失い落下していくアキト様を助けようと、体が勝手に動いていました。彼の身の回りのお世話を申し出た時も同様でございます。ただ早くよくなってほしいと、そう思ってのことでした」

「……」

「なのでわたくし自身、あの行動が演技かどうかを判別できないのです。明確な解答をご用意できなくて申し訳ないのですが……」

ミツネの質問に対して、クビワはたどたどしいながらも真剣に答えようとしている。

自分自身ですらうまく理解できずにいる、けれど偽りのない本心を。

「時間のようです」

唐突にそう言って、クビワは立ち上がった。

「ご不便をおかけしますが、儀式が終わるまでの間はこちらでお待ちください。マツリ様は必ずや生き返らせてみせます。なので、ご安心を」

クビワはしずしずと歩いていき、鉄格子の扉を開けて外へ出た。そうして彼女は檻を施錠してから、ミツネに背を向ける。

「——貴女はそれでいいの？」

気づけばミツネは、クビワの背中にそう問いかけていた。

「シヅキは貴女のこと『魂の依り代』なんて言っていたわよね。それってマツリが生き返ったら、依り代である貴女の人格が……魂が消えるってことじゃないの？」

「そうなりますね」

背中越しの肯定に、ミツネは息を呑む。

シヅキは元からクビワを犠牲にするつもりで彼女を作り、そしてクビワ自身もそれを承知で主であるシヅキに付き従っている。

それを知ったミツネはわずかに歯噛みし、再び問いかける。

「貴女は本当にそれでいいの？　誰かのために消えるなんて、そんな……？」

それはミツネが一番聞きたかったことであり、そして一番答えを聞くのを恐れたこと。

「——はい。わたくしは元よりそのために作られましたから」

だってクビワはこう答えるに決まっているから。

あの時の妹だってそうだ。反対派に暗殺されに行ったマツリは、今のクビワと同じように己の死をよしとしていた。

「マツリ様を生き返らせたい。友人のためそのように願うシヅキ様に、わたくしは最後までお供(とも)すると決めております。たとえその道の先で、この身の滅びが待っていようともです」

鉄格子の向こう側で、クビワは振り返らずに淡々と告げてくる。

「……ただ」

ふとクビワがそう付け足した。

彼女はその顔をわずかに上へ向けていた。まるで過去の出来事を思い起こしているように。

「ただプールにご一緒した時、妹分なら遅くないとミツネ様が言ってくださったのは、とても嬉(うれ)しかった。それだけは今のわたくしでもわかる、偽りのない本心でございます」

そう言って、クビワは半身でこちらを振り返る。

彼女の表情にあるのは――寂しげな微笑み。

「っ」

それを目にして、ミツネは胸が詰まった。

そっくりだったのだ。記憶に焼き付いている、妹の最後の表情と。

それは己の死を覚悟しながら、それでもなお残されるミツネのことを想って浮かべる、思い遣りに満ちた微笑み。

「ありがとうございます。誰かの代わりになるために生まれてきたわたくしを、わたくしとして見てくださって」

さようなら、ミツネ様――と。

最後にそう言い残して、クビワは正面に向き直り、ミツネがいる牢屋の前を立ち去った。

コツコツと遠ざかっていく足音。驚くほど規則的なその音を耳にしながら、ミツネはぎちりっと拳を握った。

「……ふざけんじゃないわよ、まったく……っ！」

吐き捨てるように、そう口にした。

「何がありがとうございますよ！　私はそんな顔をさせるために言ったんじゃないっての！」

溢れ出す感情のままに叫んで、喚いて、憤って……そして決意する。

「このままで終わらせてやるもんですか」

言いながら、ミツネは懐に手を入れる。

そうして取り出したのは、指先に載るほどの小さな鳥だ。

あの召喚師の少女が密かに潜り込ませた使い魔。おそらくこれがこの状況を打開する逆転の切り札となるだろう。

「絶対に引っぱたいてお説教してやるわ――あの子も、シヅキのお馬鹿も」

薄暗い地下通路をただ無言で歩き続けたクビワは、その儀式場に到着した。

広大な地下空洞を利用して作られた空間。下手な運動場よりも広いそこは、石材で綺麗に舗装されている。頭上を仰ぎ見れば、見事な曲線を描いたドーム型の天井。四方の壁も人の手が加えられていて、およそ地下の洞窟内とは思えない場所となっていた。

そしてそんな儀式場の中心に祭壇があった。人が一人、横になれるようなサイズ。まるでそこに横たわる者を神への供物として捧げるかのような、そんなイメージを喚起させる。

そして祭壇の少し奥には、腰の高さほどの縦に細長い台座があり……魔力に満たされたことで金紋様に変貌している死神の瞳が、仰々しく祀られていた。

「来ましたね」

祭壇の前には、シヅキが立っていた。

彼女は今まで死神と契約するための下準備をしていた。その証拠に、祭壇付近の床にはクビワには到底扱い切れない高度な陰陽紋が刻まれている。

「…………」

クビワは無言のまま儀式場に足を踏み入れ、シヅキのもとに向かう。

コツコツと無機質な自身の足音が、静寂に満たされた空間に反響した。

それにしても相変わらず研究所の一施設とは思えないところだ。まだ古代遺跡やダンジョンのボスフロアなどと説明された方がしっくりくる。

と、そのような意味のない感想を抱く己に疑念を抱き、クビワは無意識に歩を止める。

思えば先ほど、ミツネと別れた時もそうだった。

（……どうしてわたくしは、あのようなことを言葉にしたのでしょうか。わざわざ伝えても仕方がないというのに）

ミツネとの別れ際、思わず言葉にしてしまったこと。

あんなことを伝えても彼女が困るだけなのは明白なのに、何故……？

そこまで考えてから、ふとクビワはその思考の無意味さに気づき、首を振った。

（……一時的な機能不全でしょう。思考しても仕方がありません）

そう判断し、クビワはいつの間にか止めてしまっていた足を再び動かす。

そうして祭壇付近にいるシヅキの傍まで歩み寄ると、一度深々と頭を下げた。

「お待たせしました、シヅキ様」

「……ええ」

シヅキは静かに頷く。祭壇に至るまでの間、クビワが一度歩みを止めたことに何か思うところがあったようだが、特にそれについて言及することはなかった。

「クビワ。こちらにお願いします」

シヅキにうながされ、クビワは祭壇に歩み寄り、その上に横たわる。

「それでは――始めます」

シヅキがそう断りを入れ、儀式を開始する。

途端、床に描かれた陰陽陣が起動し、シヅキが流し込んだ気に反応して発光する。死神の瞳を祀っている台座とクビワが横たわる祭壇は、その目映い光に照らし出される。

その光に包まれながら、クビワは静かに目を閉じる。

脳裏によぎるのは、やはりミツネとの会話。

（わたくしには、もう……必要のない思考です）

けれど、ああ――。

儀式の効果でゆっくりと微睡んでいく中、クビワは思う。

（原因は不明ですが。ミツネ様に偽りのない本心を伝えた時、今まで重苦しさを感じていた胸の奥が少し軽くなったような……？）

己の胸にそっと触れ、そして感じた温もりに少しだけ顔を綻ばせた。

（ならばその行為は、必要はなくても――意味はあったのですね）

光の中。その結論に達した途端、また胸の奥が温かくなったような――、そんな気がした。

『もー何なんですか一体！　いきなり大排気量のバイクなんて淑女らしさの欠片もない姿に変

身させられたかと思ったら、見目麗しい女性を二人も乗せるなんて！　もうわたくしぷんぷんでございますよ！　緊急事態ならばいつもみたいに飛行魔法を使えばよろしいのでは!?』

「出発前に説明しただろ。念のため、少しでも魔力を温存しときたいからだよ」

『むむ。マスターが「念のため」と言うと、大体が念のためにならず何かが起こるというナチュラル千里眼的なところがありますからね……そういうことなら仕方ありませんか』

現在。俺はバイクに変型させたケルベロスを駆り、山道を走っていた。

後部座席にはセリナが乗って、俺の腰にしがみついている。シルヴィアはサイドカーに座り、初めて目にしたバイクを物珍しそうに眺め回していた。

『というかー？　今のわたくし、かなり男の子の夢が詰まった近未来デザインな大型単車になってますけどー？　マスターってご自身が住んでいたお国の免許ってちゃんと持ってましたっけ？　わたくしの記憶だとそもそも年齢的に取れなかったような気がするんですがー？』

「はあ？　おいおい勘違いしてもらっちゃ困るぜ、ケルベロス。お前はバイクの形をしてるだけの犬じゃん？　犬に乗るのに免許なんかいらないじゃん？」

『ものすっごい屁理屈で乗り切りましたね……あっ。でもでも雌犬って呼ばれるのはちょっと興奮してしまいますね』

「や、雌犬とまでは言ってねーけど？」

『マゾヒズム的な背徳感があるのも高ポイントでございますね。恐れ入りますが、おかわりを要求いたします』

ケールの言葉を無視して、俺は運転に集中する。

ヘッドライトが夜道を照らしている。山道にしてはしっかり整備されており、ケルベロスのバイクが高性能なのを抜きにしても、かなり走行しやすくなっている。ここまで道が整えられている理由は、おそらくこの先にある『研究施設』への交通の便を考えてのことだろう。

と、そうこうしているうちに目的地に着いたらしい。

今までの山道と打って変わって拓けた場所に出たので、俺はケルベロスを止める。

広いわりには特にオブジェ等もなく、まっさらな土地。ちょっとした高所に位置しているのか周囲の見晴らしはよく、近くに月明かりを映す綺麗な湖が見えた。

そんな広場の中央に、何やら無機質な建物がぽつんとあった。

「あれが、ミツネが攫われた研究施設か？」

「うん。あそこの地下から使い魔の反応がしてる」

俺の呟きに、後部座席のセリナが頷く。

セリナの使い魔から送られてくる気。出発前にその位置がどんな場所かを保安機構の職員に確かめてみたところ、この死神の瞳を研究していた施設のことが語られたのだ。

うん。セリナも使い魔の反応があるって言ってるし、道を誤ることなく辿り着けたようだ。

「よし。じゃあ行くか」

「うむ。そうだな」

「……」

俺とシルヴィアがバイクから降りて研究施設に向かおうとすると、セリナはどこか思い詰めたような表情で伏し目がちになっていた。

「？　セリナ、どうした？」

「あ、うん。ちょっと考え事」

呼びかけると、セリナは苦笑しながら後部座席から降りた。

けれど、また少し考え込むように伏し目がちになり、やがて決心したように口を開く。

「……実を言うとね、私、マツリさんを生き返らせようとしてるシヅキさんの気持ちが、少しだけわかっちゃうの」

そのセリナの告白に、俺もシルヴィアは黙って耳を傾けた。

「一度アキトと離れ離れになっちゃった時、私も同じようなことを思った。たとえすべてをかなぐり捨ててでも、もう一度大切な人に——アキトに会いたいって」

「セリナ……」

かつて世界を挟（はさ）んで離れ離れになった記憶を思い出し、俺は眉を顰める。

シヅキさんに共感するセリナの気持ちはわかる。

だって俺も同じ決意をしたのだ。セリナと別れ、孤独に押し潰（つぶ）されそうになった時に。

「けど……けどね？　クビワを犠牲にしてまでその願いを叶えても、そんなの悲しすぎるよ」

セリナは顔を上げ、俺を真っ直ぐに見つめてくる。その瞳にはもう迷いはなかった。

「だから止めてあげたい。クビワのためにも――シヅキさんのためにも」

「ああ。もちろんだ」

セリナの決意に、俺は晴れやかに頷く。

それからケールをバイク形態から待機モードであるブレスレットに戻す。

「さんきゅーケール。助かった」

『いえいえ、マスターにお仕えするのがわたくし、ケールの役目ですので。ではでは、わたくしはこれにて……』

「や、今回はまだいてくれ」

『あら？　送還なさらないのですか？』

役目を終えて送還されると思っていたらしいケールが意外そうな声を出す。

「まーな。万が一のことがあるし、念には念を入れて……ッ！」

ケールに俺が抱いている懸念を説明しようとした、その直後の出来事だった。

研究施設を中心に、俺たちがいた広場が目映い光に包まれた。

原因は、広場の地面に浮かび上がった無数の陰陽陣だ。

それらの数は、ぱっと見ではわからない。何せ広場の地面を覆い尽くさんばかりの量だ。その陰陽陣から溢れる光で、暗闇に沈んでいたこの辺一帯が照らし出される勢いである。

その異様な光景に、シルヴィアが瞬時に警戒を露にする。

「むっ。これは……！」

「っ、アキト！　この感じ、たぶん召喚陣……！」

現れた陰陽陣から自分が扱うものと同種の雰囲気を感じ取ったのだろう。セリナがそのことを急いで伝えようとした時には、それらは起動していた。

光が溢れ出ている陰陽陣から無数の影が現れ、せり上がってくる。

それは——妖魔の軍勢だった。一瞬にして広場を埋め尽くすように召喚された人ならざるモノの大軍。俺はそれを見て、思わず顔を顰めてしまった。

「ッ、鬼に天狗……吸血鬼までいるな。上級妖魔のフルコースかよ」

「儀式を邪魔されないように、予め用意されていた防人たちのようだな」

妖魔の大軍に、シルヴィアが抜剣しながらそのような感想を口にした。

確かにその妖魔たちは一見無秩序に蠢いているように見えるが、しかし研究施設への侵入者を阻むように陣取っている。

「建物に入る前からこいつら全員を相手してる時間はねーな……セリナ！　使い魔の反応があるのは地下なんだよな!?」

「えっ!?　うん、そうだけど！　それが今、何の関係が……」

「よし、二人共！　加減はするが、念のためちょっと離れててくれ！」

俺はそう忠告し、右拳に魔力を込める。

俺の腕に瞬時に展開する幾重もの魔法陣。それを見た妖魔たちが身構えるだけでなく、隣にいたセリナとシルヴィアでさえもぎょっとしていた。

「闇雲にぶっ壊してもいけねーし、何となく貫通するように……大体こんな感じ、かッ！」

気合いと共に、俺は魔力を込めた拳を――地面に叩きつけた！

轟ッ！　と衝撃が地を貫き、激しく土煙が舞う。

夜風にさらわれて土煙が晴れると、俺が殴りつけた地面に穴が空いていた。

その穴は人一人が歩いて通れるくらいの大きさで、ちょっとしたトンネルのようになっている。俺の目論見通りにいっていれば、研究施設の地下へと続いている……はずだ。うん。

「おし、うまくいった！　二人共、こっから研究施設の地下に乗り込むぞ！」

「い、いいいきなり何するの!?　びっくりしたんだけど！」

「やるにしても、できれば少しでも事前に説明してほしかった。突然のことすぎて、せっかくの師の技をあまりちゃんと見られなかった」

俺が距離を取っていた二人を呼びかけると、彼女らはやたらと不満を表情に出していた。

「えー？　ちゃんと貫通性を高める感じで魔力を打ち込んだし、たぶんあんまり周囲に被害は及ばなかったと思うけど？」

「心の準備の問題なの！」

「うーん。私としては豪快な見栄えは嫌いではないが……しかし『感じ』とか『たぶん』とか、自分で繰り出した技のことなのに、やたらと表現が曖昧のような？」

『というか、せめてブレスレットをしていない方の腕でやってほしかったんですけど！　思いっきり土を被ったじゃありませんか！』

俺のトンネル開通作業に対し、女性陣は非難囂々だった。

おかしい。咄嗟の機転を利かせた素晴らしく冴えたやり方だったのに……納得いかない。

が、俺たちが言い争っている間に、妖魔たちがゆらりと一歩踏み出してきた。

「あいつらが来る！　とにかく急げ！」

「う、うん」

「ほら、シルヴィアも！」

セリナを先に行かせた後、俺は残っているシルヴィアに声をかける。

「二人は先に行ってくれ。ここは私が引き受けよう」

すると彼女はそう言って、俺が空けた穴を守るように立った。

シルヴィアが何をするつもりなのかを察して、俺は息を呑む。

「ミツネを捜している間、後から追ってくるこいつらといちいち戦っていてはキリがない。だから私がここでこいつらを足止めする」

「……いいのか？」

「ん？　ふふっ。何だアキト、私を心配してくれるのか」

「いや、心配は微塵もしてない」

「えっ？　そ、そうなのか？　微塵も？」

「ああ。シルヴィアはあの程度の軍勢にやられちまうような、か弱い女じゃないからな」

「……そうか。か弱い女ではない、か」

　何故かシルヴィアはちょっぴりしょんぼりしていた。

　変だな。師匠として弟子の腕をめいっぱい褒めたはずなのに。

　と、シルヴィアが気を取り直したように剣を構える。

「ともかくだ、ここは私に任せて急いでくれ。今のアキトの台詞が連中のプライドを刺激したようだからな」

　シルヴィアの言うとおり、妖魔たちの軍勢はさっきよりも少し殺気立っている。ちょっと怪物臭い見た目の連中なんかは『オオォォォオッ！』と鬨の声を上げ始めていた。

「頼んだぞ、シルヴィア！」

「ああ、頼まれた！」

　短いやり取りをした後、俺はトンネルの中に入る。

「すまないな、尊敬する師の頼みだ。お前たちには悪いが、ここは死守させてもらおう！」

自分が掘った暗いトンネルを進んでいくと、背後の方で妖魔たちの怒号に負けないほどのシルヴィアの声が聞こえた。

「レイスガルド王国が勇者、シルヴィア・ユニーテル――推して参る！」

次の瞬間。ちゅどーん！　と地上で凄まじい爆発音が鳴り響き、トンネル内も地響きと共に揺れた。たぶんシルヴィアが奥義クラスの技を放ったのだろう。

……ホント、妖魔の軍団が気の毒でしょうがない。

本来足止めなんて役目を負うようなレベルの強さじゃないからね、シルヴィアって。

内心で妖魔軍団に同情しつつ、俺は結構きつい傾斜になっているトンネルを下っていく。

光源がないので指先がライトのようになる魔法を使い、足下に気をつけてしばらく進んでいくと……向こうにぼんやりと明かりが見えた。

トンネルを下り終えたところは、どこかの地下通路だった。俺が空けた穴がこの通路の壁まで貫通していて、うまいこと繋がってくれたようだ。

俺はその通路の左右をざっと観察する……うん。トンネル開通の衝撃で通路が埋没しているってこともないみたいで安心した。

と、そこで俺を待っていたセリナが尋ねてくる。

「シルヴィアは？」

「妖魔の足止めをしてくれてる」

「そ、そっか……妖魔の人たち、大丈夫かな？」

あ、セリナですらそっちを心配するのな。

「シルヴィアが足止めしてるうちに急ごう。セリナ、使い魔の反応はどっちから――」

その刹那。恐ろしい殺気が、俺の全身を貫いた。

「ッ、下がれ、セリナ！」

「きゃっ！」

セリナを庇って身を乗り出すのと同時だった。

暗闇に包まれている通路の先から、その『殺気』が飛翔してきた。

殺気の正体は狐面をした人型、つまりシヅキさんの影分身だ。それは風を切る速度でこちらに飛び込んできながら、手にしている太刀で斬りかかってくる。

「ッ」

俺は咄嗟にケルベロスを刀に変型させて、まず狐面の袈裟斬りを受け流す。そのままバランスを崩している相手の腕を摑み、突進してきた勢いを利用して後方に投げ飛ばした。

俺とセリナの背後へ放物線を描いて飛んでいく狐面は、しかしくるりと空中でバランスを立て直して綺麗に着地する。

その時だ。さらにもう一体の影分身が、通路の先からゆっくりと歩いてきた。その手には薙刀を握っている。

前後から挟まれ、逃げ場を塞がれた格好。

俺はセリナを壁際へ庇うようにしながら、影分身の双方へと隙なく警戒の目を向ける。

「……セリナ。ミツネがいる方はどっちだ」

「えっと……薙刀を持ってるほうの通路だね」

「よし。じゃあ俺が隙を作るから、そのうちに抜けてくれ」

俺は後ろにいるセリナに小声で作戦を伝える。

「あとは俺がここに残って、こいつらの相手をする。さすがに放っておける連中じゃない」

「ッ、それなら！　アキトより私がここで足止めした方が……」

「ミツネと合流できるのは、使い魔の位置がわかるセリナだけだ。俺が一人で行ったって、あいつがどこにいるかわからない」

「っ」

俺の意図を説明すると、セリナは一瞬息を呑んだが、すぐ決意に満ちた瞳になって頷いた。

「大丈夫だ。万が一どうしようもなくなったら『あれ』を使ってくれ」

「──うん。わかった」

その返事を合図に、俺は地を蹴った。セリナも追走してくる。

目標は薙刀の狐面。俺は正面から勢いよく飛び込み……しかし間合いから離れた位置で己の武器を横一閃に振るう。

間合い外から攻撃モーションを取った俺の奇怪な行動に、影分身が首を傾げ、
ガゴンッ!!　と届き得ないはずの薙ぎ払いに狐面は吹き飛ばされ、壁に叩きつけられた。

一瞬前までは、確かにケールは届かない刀だった。しかし攻撃が空を切ると思われた直前……俺はケールを長柄の槍に変型させ、間合いを縮めたのだ。

まさか一瞬で得物が変型するとは思っていなかったのか、狐面は見事に油断してくれた。さすがというべきか、俺の槍自体は己の薙刀の柄でガードしていたが。

が、防がれるのは織り込み済みだ。俺はそのまま槍で影分身を壁に押さえつける……これで今、通路に立ち塞がる者はいなくなった。

「今だ、セリナ!」

「うん!」

俺が影分身を押さえている間に、セリナは通路を走り抜ける。

さらに俺はセリナを追って跳躍。そのまま空中で体を反転させながら、さらにケールを槍から二振りの刀に変型させて、着地する。

セリナを追わせないような位置取り。今度は俺が影分身らの進路を阻む形だ。

「……さてっと」

セリナの足音が安全圏まで逃れたことを確認し、俺はごぎりっと首を鳴らした。

「「――――」」

そうして俺は、二体の影分身とピリピリした空気で向き合う。

できれば早めにこいつらを倒して、セリナを追いたいんだが……あー、面倒だな。とりあえず一発、全力で砲撃魔法をぶち込むか？　そうすりゃさすがのこいつらも消し飛ぶだろ？

『あのぉ、マスター？　念のため忠告しておきますが……この狭い地下通路でいつもみたいに広範囲&高火力な魔法をバカスカ撃つような戦い方はしないでくださいよ？　わたくし、天井が崩落して生き埋めとか御免ですよ？』

と、二刀になったケールが疑念に満ちた声音で語りかけてくる。

『マスターってば強くなってからというもの、考えながら戦うのを面倒臭がってあんなバトルスタイルが基本になっておりますけど……あれ、ボス戦では有効ですが、こういう細やかな縛りがあるシチュエーションだと不向きでございますからね？』

「……わかってるっつーの」

『本当でございますかー？　それなら相手に悟られないよう、そのこっそり展開してる砲撃魔法の魔法陣、ちゃんと消しておいてくださいましね？』

しっかりバレてーら。

まあしかしケールの忠告はもっともだ。ここで砲撃魔法を撃って、地下通路が埋没したら面倒なことになる。なので俺は、己の背で隠すように展開していた魔法陣を消す。

「んー。剣術なんて、七回目の世界で子連れ人狼さんに軽く習ったきりなんだけど」

左右それぞれの刀に魔力を通す。すると二振りの刀身は紅色の光を纏い、薄暗い通路内にぼんやりと輝く。

俺はその二刀を自然体に構えて、にやりとわざとらしく凶悪に笑う。

「ま、縛りプレイの相手にァちょうどいいか。かかってこいよ」

「「────」」

俺の挑発的な啖呵を合図に、二体の影分身が突貫してきた。


予め用意していた侵入者用の術式が発動している。

それにシヅキは数分前から気づいていた。

「…………」

発動しているのは地上の妖魔軍召喚と、地下通路内にいる己の影分身たちだ。

妖魔軍召喚はそれだけで保安機構の総戦力と渡り合えるほどの対軍陰陽術であるし、影分身に至っては一体ずつが本体であるシヅキにほぼ匹敵する戦闘力を有している。どちらもシヅキが扱える中でも最高峰に位置する強力無比な術だ。

……が、どうやらどちらも時間を稼ぐ程度にしかなっていないようだ。

シヅキが誇る最高の術をもってしても、排除できない侵入者。

その正体など、わざわざ考えるまでもない。

「……やはり、アキトさんたちが来ましたか」

儀式を進めながら、シヅキはその事実を確かめるように呟く。

ふと、シヅキは己の正面に広がる光景を見やった。

陰陽陣から溢れる光が台座に祀られている死神の瞳を神々しく照らしている。

さらに——死神の瞳の後ろに位置する空間が、縦に裂けていた。

空間の裂け目。それは儀式が進むにつれて、徐々に広がっている。その先に広がる空間には光があるのか、それとも闇しかないのか。人間であるシヅキにはうまく知覚できない。ただ裂け目の向こうに人知を超えた気配が流れているのがわかる。

それは死神を呼び込むための扉。

そしてその扉の前にある祭壇には、クビワが横たわっていた。

「————」

儀式を開始した時から、クビワの意識は微睡みに包まれている。

彼女は静かに眠っているのだ。

誰かのために。主であるシヅキに抵抗することもなく、己の意志で——。

「……彼らがいらっしゃる前に、終わらせないとなりませんね」

脳裏に浮かびかけた思考を振り払い、シヅキは目の前の儀式に集中する。

マツリの黄泉がえり。百年間、その成就だけを夢見ていた。

もう少しで……もう少しで、その願いが果たされる。そんな逸る気持ちを必死に抑えて、シヅキは陰陽陣の光と共に渦巻く気の流れを精緻に操り、さらに己の気を流し込む。

「――今すぐ儀式をやめなさい」


背後から慣れ親しんだ声がした。

ここでするはずのない声。けれど、もしかしたらとも考えていた声。

ゆっくりとシヅキは振り返る。一体誰なのかと確認するまでもない彼女の姿を、けれどしっかりと己の目に焼き付けるために。

儀式場の出入り口。

そこに、最強の吸血鬼が立っていた。

「来てやったわよ、シヅキ」

どうやって牢屋から抜け出したのか、なんて聞いても仕方ないだろう。だってその隣に、彼女の仲間である召喚師の少女が佇んでいるのだから。

ああ――やはり、彼女は止めに来たのだ。

他の誰でもない彼女のためにマツリを生き返らせようとするシヅキを。

そのためにクビワを犠牲にすることを、よしとしないために。

「とりあえず一発、引っぱたかせなさい」

だからこそ彼女は――ミツネはそこに立っているのだろう。

その曇りのない魂を映した瞳で、真っ直ぐにシヅキを見据えながら。


シヅキたちを追ってやってきたミツネは、その光景をしっかりと見据える。

儀式場めいた広大な空間。その中心には、陰陽陣の光に照らされて何やら不穏な気を纏った死神の瞳と、恐ろしく嫌な気配が漂っている空間の裂け目が存在している。

そして、祭壇の上には静かに眠っているクビワの姿があった。

まだ死神を喚び出した様子はなく、黄泉がえりの儀式を終えた様子もない。

どうにか間に合った。そのことにミツネは内心、胸を撫で下ろす。

「…………」

今より少し前。牢屋に囚われていたミツネのもとに、セリナが救出しに来た。ミツネの懐に潜り込ませた使い魔の反応を辿ってきてくれたのだ。

『セリナ。よく聞いて……私はこれからシヅキたちを止めに行くわ』

牢屋を開け、さらに拘束魔法もディスペルしてくれたセリナに、ミツネは告げる。

『けど今からシヅキたちを追っても、もしかしたらもう間に合わないかもしれない。それどころかシヅキを止めようにも、魔力をほとんど失ってる私は足手纏いになると思う』

そこで一呼吸の間を置いてから、ミツネは勝ち気な笑みを浮かべて問いかける。

『それでも、一緒に来てくれる？』

『――もちろん。だって私も、二人を止めたいから』

思ったとおり、セリナは力強く頷いてくれた。

行き先を迷う必要はない。何せ少し前から、儀式が始まったことで死神の瞳が発していると思われる脈打つような不気味な気配は、ここからでも感じ取れたからだ。

その不気味な気配を辿り、ミツネとセリナは地下通路を一心に進んだ。

そうして、二人はこの瞬間に間に合った。間に合うことができた。

「ミツネ……やはり貴女は私を止めるのですね」

祭壇の前に立つシヅキが寂しそうな瞳でミツネとセリナを見る。己の行動は理解されないとわかっていながら、それでも相対することに悲しみを覚えている。そんな目だ。

「ッ」

その目を見た瞬間、ミツネの足は地を蹴っていた。

シヅキまでの距離を一息に詰める跳躍。そのまま残りわずかな魔力をこめた手刀を突き立てるように振り下ろす。

ガギンッ！　と金属同士が激突するような甲高い音。ミツネの鉄をも斬り裂くその一撃は、しかしシヅキを捉える直前で堰き止められた。

何もない空間に現れた障壁。それによって目と鼻の先で止まっているミツネの手刀を、シヅキは眉一つ動かさず眺めていた。

「無駄ですよ。今の貴女の残り少ない魔力では、私の障壁を突破することは敵いません」

シヅキはそう言って、障壁に阻まれて空中で動きを止めているミツネに手をかざす。その手にはいつの間にか扇が握られていた。

次の瞬間。暴風がシヅキを中心に吹き荒れ、ミツネは後方に思い切り吹き飛ばされた。

「か、はっ……!?」

「ミツネ！」

それを見たセリナが瞬時に己の杖を正面にかざし、魔法陣と共に光の帯を幾重も召喚。それで吹き飛ばされたミツネの体を受け止め、速度を減衰させる。

まるでシルクに包み込まれるような柔らかい感覚をミツネが抱いた時には、すでに光の帯が消えていて、セリナに体を受け止められていた。

「ミツネ、大丈夫？」

「……ええ、ごめんなさい。ありがと」

セリナに支えられながら、ミツネはもう一度床に足をつく。

そして自分の先手の一撃を、涼しい顔で受けきったシヅキを睨みつけた。

「……あの時とは、立場が逆になってしまいましたね」

と、シヅキが過去の記憶を思い返すように、静かに語る。

「かつてマツリの死に嘆き悲しんで暴走する貴女を、私が止めました……そして今はマツリを生き返らせようと暴走する私を、貴女が止めに来た」

「あら、暴走してる自覚はあるのね」

「もちろん。貴女だってそうだったでしょう？」

ミツネの軽口に対してそう答えながら、シヅキはその手の扇を構えた。

「ただ……あの時の貴女と違い、私はやめたいとは思っておりません」

シヅキがそう宣言した瞬間、彼女の周囲に尋常ならざる魔力が迸り、渦巻き始めた。

……どうやら止めたければ戦って止めろと言いたいらしい。

相手の戦意を感じとり、ミツネとセリナはそれぞれ臨戦態勢を取る。

と、ミツネは気づく。隣にいるセリナの構えがどことなくぎこちない。どころか、杖を握る両手が若干震えている。どうやらシヅキの本気の敵意にあてられたようだ。

「大丈夫よ、セリナ。貴女は強いわ」

ミツネはシヅキを見据えたまま、セリナを安心させるように語りかける。

「二年間、私の特訓に耐えたんだもの。自信を持ちなさい」

「——うん！」

セリナが迷いを振り払うように頷いた。もうその手は震えていない。

「行きますよ、お二人とも」

シヅキが扇で正面をあおぐ。その動作に合わせ、一瞬にして彼女の周囲に炎が燃え上がり、ミツネたちに向けて飛来してきた。

さらにその炎は二体の狐へと姿を模し、襲いかかってくる。

「ッ！　お願い！」

セリナが己の正面に魔法陣を展開。即座に召喚されたのは、鷹の姿をした炎の精霊。

全長一メートルはあるだろう炎の鷹は合わせて二体。羽ばたくような動作をして飛翔し、狐の焔を迎え撃つように衝突する。

瞬間。互いの炎は混じり合うように弾け、凄まじい熱量の爆炎を生み出した。

ミツネとセリナはその爆炎に紛れて、左右に散開。するとシヅキは己の周囲におびただしい数の陰陽陣を展開し、ミツネとセリナの双方に気弾の嵐を見舞ってくる。

「ッ」

セリナは飛行魔法で天井付近を飛翔して連続する気弾を回避。さらに弾幕が途切れた瞬間にいくつもの宝剣を召喚し、シヅキに向けて射出する。

それに対し、シヅキは扇で正面をあおいだ。すると荒れくるう暴風が、己に迫る宝剣をすべて勢いよく舞い上げた。結果セリナが放った宝剣らは、シヅキから遠く離れた床に落下する。

「くっ……！　セリナにばっかり本気になってんじゃないわよ！」

そのような攻防を繰り広げる二人を、ミツネは気弾の嵐を回避しながら見ていた。

シヅキは攻防のリソースをほとんどセリナに割き、魔力がないミツネに対しては牽制の気弾しか放っていない。確かに今のミツネたちの戦闘力を鑑みれば、正しい判断だが……、

「はあッ！」

シヅキを中心に円旋回しながら弾幕を避けていたミツネは、突如として進路を変え、シヅキに向かって飛び込んだ。

当然それでは自分に向けて放たれている気弾に、真っ正面から突っ込むことになる。事実シヅキは、ミツネの血迷った行動に目を見開いた。

その動揺から生まれたわずかな隙をミツネは待っていた。

「ッ！」

己に気弾が直撃する瞬間。ミツネは身を捻り、紙一重でそれを回避。そのままシヅキの心の乱れから生じた、わずかな弾幕の途切れを狙い、相手の間合いへと一気に飛び込む。

魔力を込めた渾身の跳び蹴り……しかしそれは初手の奇襲と同じように、ガギィンッ！と甲高い音と共に、シヅキの障壁によって阻まれる。

「っ、何度やっても同じです。今の貴女では私の障壁は破れな――」

「それじゃ、私じゃなかったらどうかしら？」

同じ過ちを繰り返すミツネに、シヅキが苦言を呈するように顔を顰めた直後。

障壁に蹴りを阻まれながら、ミツネは手にしていた『それ』をクナイのように投擲する。

カンッと軽い音を立てて、それは障壁に刺さった。

「？」

それは莫大な魔力を込められた小さな刃。果物ナイフほどしかないそれは、しかしシヅキの障壁に確かに突き刺さっている。

直後。ナイフが刺さった箇所から一瞬にして亀裂が走っていき……、
ガシャーンッ！　と陶器が一斉に割れるような盛大な音を立てて、障壁は砕け散った。

「なッ!?」

障壁を破られたシヅキが目を見張る。一体何が起こっているのか。そう言いたげに動揺している彼女の前に、ミツネは跳び蹴りの体勢からふわりと降り立つ。

「――最初に言ったとおり、一発きついのいくわよ。覚悟なさい」

そう言って、ミツネは拳を全力で握り締める。

そして目を見開いている親友の顔を、思いっきり腰を入れて殴りつけた。

「――――ッ!?」

ミツネに殴られたシヅキは思い切り背後へとよろめく。そのままクビワが眠っている祭壇へもたれかかるようにくずおれた。

陰陽陣からあれほど溢れていた光がすっと消えていった。それに伴い、死神の瞳の後ろに広がっていた空間の裂け目が、ゆっくりと閉じていく。どうやらシヅキがダメージを負ったことで、儀式が中断されたらしい。

シヅキは祭壇に寄りかかったまま、己の障壁を破って床に落ちたナイフを見やる。

「破魔の術式が施された短剣……？　しかしそんなものがあったとしても、今の貴女の魔力では、私の障壁を破るほどの出力は――」

「貴女、セリナを侮りすぎ」

ミツネは悪戯が成功した時のように、意地悪く笑った。

「これはあの子が召喚して魔力を込めたのを借りただけ」

「ッ……もしやあの時？」

どうやらシヅキも気づいたらしい。

そう。最初に障壁で吹き飛ばされてセリナに受け止めてもらった時、こっそり手渡されていたのだ。彼女が召喚した、この破魔の宝剣を。

確かに今のミツネの微量な魔力では、シヅキの障壁を破れない。

けれどセリナが魔力を込めたのであれば、話は別だ。

「言ってなかった？　あの子、これくらいのモノならいくらでも召喚できるのよ？」

ミツネが己のことのように誇らしげに語った、その時だ。シヅキの攻撃が止んだことで、弾幕を避けるために儀式場を飛び回っていたセリナが、ミツネの隣に降り立った。

「シヅキさん……」

セリナは痛々しく祭壇に寄りかかるシヅキに、悲しそうに表情を歪めた。

おそらく、戦っていたとはいえ、自分が召喚したもののせいでシヅキが負傷したことに、胸を痛めているのだろう。この召喚師の少女はそれほどまでに心優しいのだ。

「シヅキ、もういいわ。やめにしましょう」

「ッ！」

ミツネがそう呼びかけた瞬間、くずおれていたシヅキの目に強い意志が宿った。

直後。再び陰陽陣から目映い光が溢れ出した。さらには死神の瞳が発生させていた空間の裂け目も先ほどと同じように……否。先ほどよりもその幅を広げ、現出する。

「っ、シヅキ、貴女……！」

「シヅキさん！」

シヅキが陰陽陣をまた起動し直し、儀式を再開したのだ。

それを悟ったミツネとセリナが身構える。

「……やめませんよ、私は」

祭壇を支えにしながら立ち上がったシヅキは、ミツネとセリナを睨みつけてくる。

「ここまできて、やめるわけにはいかないんです！」

シヅキがそう叫んだ瞬間だった。

まるで彼女の想いに呼応するように、空間の裂け目から恐ろしく不気味な魔力が暴風となって吹き荒れ――『それ』は現れた。

ベギョッ、と空間の裂け目を左右に押し広げようとする両手。その掌は人の体を掴んで潰せそうなほどのサイズがあり、黒ずんだ皮膚をしている。

それを目にした瞬間。ミツネとセリナの全身に、ゾッと寒気が走った。

「ッ⁉」

「ぁ、あ……っ！」

ミツネもセリナも、言葉にならない声を漏らす。まだその手しか姿を現していない『それ』を視覚に捉えた途端、問答無用に生き物としての己の『死』を実感させられた。

間違いない。たった今この世に現出しようとしている『それ』こそが、死を司る神である。

「あ、ぁ……か、はっ……！」

その時だ。祭壇で眠っていたはずのクビワが苦悶の声を漏らした。

まるで裂け目から現れる存在に、魂を傷つけられているかのように。

「ッ……シヅキッ！」

頭に血が上り、ミツネは思わず感情的に叫ぶ。

今すぐその胸ぐらを掴みに行きたかったが、死神が放つ不気味な波動が吹き荒れているせいで、今のミツネではシヅキに駆け寄るどころか、立っているのがやっとだった。

「先ほどの拳に魔力を込めていれば問答無用で私を止められた……それを躊躇った貴女の甘さに助けられましたね」

シヅキは吹き荒れる波動にその長髪をはためかせ、うつむいたまま言う。

背後の祭壇で、苦悶しているクビワなど気にも留めていないといった様子で。

「貴女、本当にクビワを犠牲にするつもり⁉」

クビワに無関心な態度を取るシヅキが無性に腹立たしくて、ミツネは続ける。

「たとえマツリを生き返らせるために作られた依り代だとしても、その子にはその子の命が！　人格が！　魂があるのよ！　平和な世界を作るのに犠牲になった私たち姉妹のため⁉　ふざけんじゃないわよ！　そのためにクビワを新たな犠牲して、私が手放しに喜ぶと思ってんの⁉」

うつむいたまま答えないシヅキに、なおもミツネは感情のまま言葉にする。

「百年間そのためだけに生きてきた⁉　そんなのマツリを生き返らせるって想いに囚われてるだけじゃない！　答えなさいシヅキ！　貴女、本当にそれでいいわけ⁉」

「ッ」

次の瞬間。シヅキは顔を上げる。

「そんなの――いいわけがないでしょうッ‼」

感情的にミツネを見返すシヅキ。その頬にはたった今流したばかりの涙の跡があった。

「最初は確かにマツリの依り代としてクビワを作りました……ですが！　彼女には彼女の命があることくらい、すぐに思い至りました！」

それはおそらく、彼女がずっと胸に溜めこんできた想いなのだろう。

「都合のいいことだとわかっているのです！　けどクビワと共に過ごすうちに、私の中で彼女はまるで我が子のように大切な存在になっていた！　彼女を犠牲にしてしまう己の行動に疑問を抱き、後悔もした！　愛おしかった！　こんな日々がずっと続けばいいと願った夜が何度あったことか！」

「っ、それなら今すぐにでも儀式を……！」

「それでも！　理屈ではわかっていても、やめることはできません！」

ミツネの呼びかけを、シヅキは己の叫びで振り払った。

「己が死ぬとわかっていながら、それでも笑っていた親友を、私は黙って見送ってしまった！　ただただ妹の死を悲しんでいただけの親友を、私は別の世界に追放してしまった！　百年もの間私を焼き尽くしてきたこの妄執は、私自身の罪であり、罰そのものです！」

己が抱き続けてきた願いを妄執と断ずるシヅキ。

その悲壮感に満ちた彼女の姿に、ミツネとセリナは息を呑む。

「世界のために二人の親友を犠牲にした私はもう、自ら止まることは許されないのですッ‼」

百年もの間ずっとその胸に溜め込んでいただろう、彼女の魂の叫びに呼応するように。

空間の裂け目が一気にこじ開けられ——その神格は現出した。

それは大きな影だった。

人の丈の倍はありそうな巨軀に、角の生えた狼の頭骨が顔として存在している。その肌が闇色をしている……というわけではなく、本当に闇そのものが物質となって人の形をしている印象を与え、体のあちこちから陽炎のような黒い霧が漂っている。

纏っている外套や右手に携えている長刀も、同じく闇そのものでできている。

まるで『死』という概念が巨人という殻を被って、その場に立っているような異常。

死神。そう呼ばれるその存在は台座に祀られている死神の瞳をおもむろに鷲摑みにすると、そのまま顔となっている狼の頭骨で丸呑みにした。

すると嚥下された死神の瞳は、その存在の『胸元』からぎょろりと現れ、まるで獲物を見定めるかのようにミツネたちを見据える。

「——ッッッ!!」

直後に、死の形をした神は両腕を大きく広げ、獣のように吼えた。

死神を中心に闇色の波動が荒れくるい、その直撃を受けたセリナが背後へ吹き飛ばされた。

ミツネが気づいた時にはすでに遅く、セリナは儀式場の端まで勢いよく飛ばされ、そのまま背中から壁に叩きつけられた。

「あ……か、は——」

セリナは苦悶の声を上げて床にずり落ち、その場に座り込む。

「ッ、セリナ！」

ミツネはセリナのもとへ駆け寄ろうとしたが、紙一重の判断でその場に踏みとどまる。

今、あの死神から目を逸らしてはいけない。その行為は一瞬にして死に繋がる。それはおそらく、最強の吸血鬼たるミツネがたとえ全快の状態だったとしても変らないだろう。

否。もしかしたら全力全開のアキトでさえも……？

脳裏をよぎった嫌な予感に、ミツネはその場に縫いつけられたかのように動けなくなった。

「私は死神と契約し、マツリを生き返らせます！　もう誰にも邪魔は――」

そんなミツネを前にして、シヅキが感情のままに宣言し、
その刹那。死神が手にしていた長刀で、クビワが眠っていた祭壇を粉砕した。

「――なっ」

「ッ!?」

無造作な横薙ぎ一閃。しかし凄まじい威力を伴うその一撃は祭壇を容易く斬り砕くだけでなく、その衝撃で祭壇の上にいたクビワを大きく吹き飛ばした。

大きく弧を描くクビワの身体。その光景が、ミツネにはやけに遅く感じられた。

「ま、さか……！　契約が果たせず暴走を――ッ!?」

どうやらその死神の突然の行動は、シヅキが意図したものではないらしい。彼女も突然暴れ出した死神に驚愕を隠せず、目を見開いていた。

直後。先ほどと同じように死神が無造作に横薙ぎに振るった拳が、シヅキを襲った。

「がっ……！」

咄嗟に障壁で防御していたが、衝撃は抑え切れなかったらしい。彼女はそのまま横合いに吹き飛ばされ、勢いよく床を転がり、動かなくなった。

シヅキが語っていた死神の瞳にまつわる話を思い出す。

曰く――死神の瞳を用いても、死神との契約を果たした者は誰もいない。

何故誰もそれを成すことができなかったのか……当然だ。喚び出した死神がこうして見境なく暴れ出したら、契約も何もないではないか！

「ッ、の――っ！」

刹那の判断。ミツネは残った魔力のすべてを気弾に変え、死神の頭蓋へ放った。

直撃。死神の頭部が爆炎に包まれる……が、手応えからして大したダメージにはなっていないのがわかる。

それでいい。気弾はただの目くらましだ。それがただの気休めだろうとも。

「クビワ……！」

いまだ宙に放り出されているクビワへ、ミツネは一心に駆け出した。

意識がないクビワが受け身も取れず地に叩きつけられる、その直前。ミツネは決死の思いで跳躍し、何とか彼女の身体を受け止めることに成功した。

しかし着地まではできず、ミツネはクビワを庇うように抱き留めながら落下。そのままもつれあうようにして転がり続け、その勢いが止まると同時に、別々に投げ出された。

「っ痛ぅ……クビワ！」

ロクに受け身も取れずに打ちつけられ、全身に灼けるような激痛が走っている。しかしミツネはその痛みを無理矢理ねじ伏せて起き上がり、クビワに駆け寄った。

彼女の身体を助け起こす。幸いにして祭壇を破壊した死神の一撃はクビワに当たったわけではないらしい。その衝撃に吹き飛ばされただけのようで、大きな外傷は見当たらない。

ただその目は開かない。顔色もよくなく、四肢はぐったりとしている。その魔力の微弱さから見ても、かなり衰弱しているのは明白だった。

だからミツネはクビワの体を揺らし、呼びかける。

「クビワ！　目を開けなさい、クビワ……ッ！」

反応はない。クビワの目蓋は開かず、ミツネになすがまま揺らされるだけだった。

絶望。その感情がミツネの心を塗り潰していった。

「……っ、私は、また……！」

腕の中でクビワの命が薄れていく。そんな彼女を前にして何もすることができなかった自分を悔い、ミツネは顔を伏せて悲嘆に暮れる。

「——姉さん？」


慣れ親しんだ声音で呼びかけられた。

ミツネは目を見開き、顔を上げる。

すると腕の中で動くことのなかったクビワが、ゆっくりとその双眸を開けていた。

「貴女、その目……？」

そうして自分を見つめるその瞳の色に、ミツネは息を呑む。

——蒼色だ。

本来クビワのものである紅色ではない。

見慣れた色。けれどしばらく見ることがなくなっていた、妹の色。

「……マツ、リ？」

その名を呼ぶと、彼女は肯定するように優しげに微笑んだ。

クビワの演技などではない。彼女はこんなふうには笑わない。

目の前で起きていることに戸惑う最中……ミツネは、いつか妹が語っていた冗談っぽい言葉を思い出す。

目にはその者の魂が宿る。

ああ……これは何の奇跡なのだろう？

死神は暴走していたというのに、シヅキの儀式が成功していたのか。それともクビワが何かしらの力を働かせたのか。

ただ、今はそんなことなどどうでもいい。この奇跡の前に、理屈などどうでもよかった。

マツリだ。

それはマツリの笑顔で、マツリの蒼い瞳で——マツリの温かい魂の色だ。

気づけば視界が滲んでいた。目尻に涙が溢れ、とめどなく流れていく。また会えたことが信じられなくて、それでも確かに彼女が妹なのだとわかって、嗚咽が漏れそうになる。

「愛してるわ、姉さん」

微笑みながら告げられた。子供のように泣きじゃくるミツネを見守るように。

伝えたいことは山ほどある。勝手に死んでんじゃないわよとか、せめて死にに行く前に一言相談しろとか、そのせいで暴れちゃったじゃないとか。

会えなくて寂しかったとか。

一目でもまた会えて嬉しいとか。

けれど溢れる涙のせいで声が詰まり、うまく言葉にすることができない。

それでも。思い通りに動いてくれない口を必死に動かして、言う。

「――私も……っ！」

やっとのことで絞り出せたのが、一番伝えたい言葉でよかった。

ミツネが心の底からそう思っていると、マツリも嬉しそうに笑った。

「クビワをよろしくね」

こんな状況でさえ、妹は誰かの心配をしている。

ミツネはもう言葉で答えられない。だから涙を流しながら何度も頷いて返すと、マツリは安心したように笑みを濃くして、ゆっくりと目を閉じていった。

次に目蓋を上げた時――その瞳は、元の紅色に戻っていた。

「クビワ」

ミツネが呼びかけると、彼女はどこか悲しそうに顔を歪めた。

「……申し訳ございません。死神の隙を突いて、無理に黄泉がえりを敢行(かんこう)したのですが……あれ以上、マツリ様の魂を引き留めることができませんでした」

やはり先ほどの奇跡の再会は、クビワのおかげだったのだ。ミツネとしては感謝してもしきれない。だというのに、彼女は何故そんな罪悪感を表情に宿しているのか。

「シヅキ様が長年かけて作った機会であったというのに……わたくしの力が足りず、一瞬しか会わせられませんでした。本当に……本当に申し訳ございません」

「なに、言ってるのよ」

謝罪を口にするクビワの体を、ミツネは思いっきり抱き締めた。

「──ぁ」

耳元でクビワが戸惑った声を漏らしていた。

「いいの。一瞬でも会わせてくれたんだもの。それでいいの」

「ミツネ様……？」

「だからありがとう、クビワ」

力一杯抱き締めて、お礼を言う。

「ごめんなさい。儀式を止めに来たのなら、本来は無茶した貴女にお説教しなきゃいけないんだろうけど……でも、ありがとう。本当に」

「──いえ、いいえ。わたくしの方こそありがとうございます」

そう言いながら、クビワの赤い瞳から涙が零れる。

「そのお言葉だけで報われました。わたくしも、きっとシヅキ様も」

それは長年の想いを吐露するように。

誰かのために生まれてきた彼女は、静かに涙しながら、本心からの感謝を口にした。

その時だ、ミツネは自分の背後で、死を象ったモノが迫った音を聞いたのは。

死神。どうやら先ほど足止めさせるため攻撃したからなのか、この空間においてまず始めにミツネを排除対象に選んだらしい。

もう少し空気を読んで、感動の抱擁をさせてほしかった。そんな感想を抱いたミツネは口元に小さく笑みを作ってから、その腕で抱き締めていたクビワを離した。

立ち上がり、クビワを守るように死神の前に立ち塞がる。

見上げるほどの巨軀。けれど先ほどのように力の差に怯むことなどない。

「ミツネ様……まさか」

「時間稼ぐから、何とか逃げなさい」

ミツネは端的に告げると、背後から息を吞む音が聞こえた。

「いけません。動けないわたくしなど置いて、ミツネ様だけでも――」

「馬鹿言うんじゃないの」

本当にお馬鹿なことを言う彼女に、ミツネは思わず笑ってしまった。

ミツネは死神に相対しながらも、わずかに振り返る。

「――妹たちを守るのは、お姉ちゃんの役目でしょ」

そうして安心させるように笑うと、クビワは目を見開いた。

そんな彼女の様子に満足して、ミツネは再び死神に向き直った。

死神はすでに振り上げている、その手にしている死の形をした刃を。

背後でクビワが何かを叫んでいる。でもその内容はうまく聞き取れなかった。

（……ああ、どうせ逃げないんでしょうね。この子は）

時間を稼ぐ。口ではそう言ったが、魔力を使い果たしたミツネではこの死神相手に戦うなんて芸当は到底できないだろう。

けれど背後には衰弱しきって、満足に歩くこともできないクビワがいる。

それで充分だ。たとえそれが無意味であったとしても、死神に立ち向かう理由としては。

ミツネがそう思い、振り下ろされた刀を穏やかな心で見つめていた――

その時。世界を変質させる音がした。

静かに。まるで水面に一滴の雫が落ちて、波紋が広がるように。

「――？」

それに気づき、ミツネは死神から目を逸らし、視線を向ける。

音の発生源。立つこともままならず、壁にもたれかかりながら座り込み――それでもその手に杖を握り締めて魔法陣を展開している、召喚師の少女を。

本来それは音ではなく、ただの願いだ。

この絶望の只中において何も諦めていない、召喚師の少女が抱く願い。

その願いが世界をねじ曲げ、その理に波紋を起こしている。

「ッ！」

死神によって引き起こされようとしている悲劇。この状況を何とかできるのは『彼』しかいない。そう決断した彼女は、そのチカラを起動する。

ミツネは知らない。少女に再召喚されたことで少年が得た、十一番目に連なるそのチカラの内容を。

それは、かつて世界を超えて離れ離れになった二人の想いの具現（ぐげん）。

必ず再会するという決意。ずっと一緒にいたいという願い。それらが表象化した異能力。

少年がその身に宿し、少女に発動を託（たく）された、再会を象徴とするチカラ。

名を《世界が二人を別つとも（エンゲージ・サモン）》。

魔力も必要とせず、儀式も必要とせず、ありとあらゆる障害を無視して。

少女がただ願えば繋がる、かけがえのない絆（きずな）の証（あかし）。

この悲劇を打ち払ってほしい。そう彼女に願われれば必ず駆けつけることができる、彼にとっての最高のチカラ。

「――お願い、アキトッ!!」

ミツネは見た。その光景を。

少女が――セリナがその願いを叫んだ瞬間。彼女の正面に展開された魔法陣から稲妻（いなずま）が放たれ、目映い光と共に弾ける。

刹那。宙を走った稲光（いなびかり）は、全力で駆ける人影に変貌していた。

赤い髪の少年。

世界の理をねじ曲げるほどのチカラでこの場に召喚された彼は、次の瞬間。接地面を踏み割るほどの凄まじい勢いで、地を蹴った。

彼はミツネとクビワの頭上を飛び越え、彼女らをその背で庇うように、死神の前へと躍り出る。そして振り下ろされた長刀に対し、全力で拳を突き出した。

直後に、両者の力が激突した。

爆音。少年が拳の前に展開した魔法陣と、死神の長刀がせめぎ合い、暴風が吹き荒れた。

赤い極光と闇色の死。両者の衝突で飛散する激しい紫電が、周囲を照らし尽くす。

あまりにも極大な力がぶつかり合うことで生まれるただの余波が、凄まじい衝撃波となって儀式場を破壊し、亀裂を生み、崩壊させていった。情けないことにミツネは、その激しさに立っていることができず、その場にへたり込んでしまった。

「――――」

だがミツネは確かに見た。

目が焼かれるほどの凄烈な光の中――彼が懸命に自分たちを守ろうとしているのを。

振り下ろされている長刀の圧力で足が地面にめり込み、折れそうな膝に必死に力を入れている。弾ける紫電が彼の体を掠めるたびに鮮血が飛び、死神の一撃を堰き止めるために人の限界を超えた凄まじい魔力放出を行っている。あんな無茶な放出をすれば、全身に灼けるような激痛が走っているだろう。

それでも少年は――岡田アキトは、死神の前に立ち塞がっている。

ミツネですら敵わないと思っていた、あの恐ろしい神格と渡り合っている。

「っ」

これ以上、彼に何かを背負わせてはいけない。

一目見ればわかるほど、今のアキトはボロボロだ。

思えばあの時もそうだった。ミツネが妹の死で感情が抑えられなくなって暴走した時、自分はこの背に一つの業を背負わせてしまった。

けれどこの場に現れた瞬間、彼は迷わず飛び込んできてくれたのだ。

そうしてくれた彼を目にしたミツネは救われ、希望を見てしまっていた。

妹たちを守るのは姉の役目だと嘯いていながら、自分の力ではどうしようもないこの悲劇を、彼こそが打ち払ってくれるのだと。

「お願い、秋人――」

気づけばミツネはその背を信じて、必死に言葉を紡いでいた。

「私たちを、助けて」

ミツネの唇から漏れた小さな願い。

大気が震撼し、大地が揺れるほどの力が衝突し合う中、本来なら囁くように発せられたミツネの言葉などかき消されてしまっているだろう。

事実彼の耳にミツネの声が届いていたかどうかわからない。

「――ああ。任せとけ」

それでもアキトは、確かに聞き届けてくれた。

まるで背に庇うミツネたちを安心させるように、その口元に笑みを浮かべながら。


……意識が断絶しかけている。

あまりにも苛烈な魔力放出をしているため、脳が焼き切れそうなほど熱く、四肢が刃物を突き立てられたような激痛に襲われていた。

咄嗟にケルベロスをナックルガード型の武器に変型させて、ミツネに振り下ろされていた長刀を全力で迎え撃ったが……想像を絶する圧力に、右腕自体が丸ごと吹き飛びそうだった。

さすが死神。この世に呼び出す秘宝を起動させるだけで俺の魔力をすべて吸い尽くし、なおも限界に達しなかっただけのことはある。

十一番目の能力《エンゲージ・サモン》でこの場に喚ばれた瞬間、確信した。

闇がそのまま巨人となったようなあの神格は……俺が幾たびもの異世界召喚で相対してきたどんな敵よりも、遙かに格上だと。

事実。俺は今ブレイヴハートを含む、戦闘系の召喚特典能力を全部乗せして迎え撃っているのに、一向に押し切れる気配がない。

それどころか、徐々に押され始め、長刀を受け止めている俺の魔法陣に亀裂が走った。

「――――」

と、死神が好機と言わんばかりに、その巨軀からさらに闇色の波動を迸らせた。

己の一撃に拮抗するだけのチカラを持つ存在に脅威でも抱いたのか。どうやら何がなんでもこの場で俺を消し去らねばならないと判断したらしい。

「がっ……こ、の……ッ！」

全霊をかけて踏ん張るが……耐えきれなかった。

瞬間。障壁が砕け、魔法陣が粉々に霧散する。

その衝撃で右腕が背後に弾かれた。同時に骨に届かんばかりの裂傷がいくつも刻まれ、ぴしゃりと頬に血飛沫が付着。五指も砕けたのか、もう拳を握ることもできなかった。

そのまま敵をすり潰さんとばかりに振り下ろされる死神の長刀。

押し切られた。俺がそれを悟った時には、死神の刃は目前に迫っていて――

「ッ！」

それに対し、残った左拳を叩きつけた。

ガギィィンッ！　と再び激突する互いの圧力。

「ぐッ、あ――ッ！」

右腕は現状再起不能。ケルベロスは咄嗟に送還して破壊されることは免れたが、死神の一撃を受け止めている左拳はすでに半分砕けている。死神の力は刻一刻と圧力を増していき、その死を運ぶ刃が迫ってくる。他方俺の力は限界を迎え、膝が折れそうになる。

それでも、と諦めずに気力を振り絞る。

酸素が足りない。血が足りない。魔力を放出しすぎて全身が焼き切れそうなほど熱く、腹の中の臓腑を吐き出してしまいそうだ。もはや俺の身体で支障をきたしていない箇所なんて一つもなく、いつ自壊してもおかしくないだろう。

それでも……ああ、そうだとしてもだ！

──助けを求めてくれたんだ。

妹の死に暴走したあの時と違って、回りくどい言い回しなんてなく。

ただ真っ直ぐに、私たちを助けてほしいと。

一度は助けることができなかった、こんな俺なんかを信じて。

『──アキトは、ミツネとマツリさんを助けたかったんだよね？』

いつかセリナに教えてもらった本心があった。

胸の奥で痛みと共にずっと抱え込み、自分でも忘れかけていた本心が。

かつては世界のために犠牲になる二人を見ていることしかできなかった。

助けたかった。助けられなかった己の無力を嘆き、そんな過去に囚われているのを誤魔化そうとしているうちに、自分が悲しんでいることにすら気づけなくなっていた。

けれど、セリナの温かさが思い出させてくれた。

忘れてはならなかった大切な気持ちと、未来に繋げる新たな決意を。

ならば、ここで終わるわけにはいかない。倒れてなんかいられない。

……今度こそ助けてみせる。

相手が何だろうと関係ない！　だってこれは、俺が心から望んでいたことなのだから！

その決意に俺の中の『何か』が反応し、赤い極光となって溢れ出す。今まで押され続けていた力が拮抗し、その現象を前にした死神のわずかな困惑が見て取れた。

「セアァッ！」

次の瞬間。死神に生じた困惑を突くように、その斬撃が飛来した。

魔力を衝撃波にした斬撃。それは死神の片膝に直撃し、その体勢を崩した。

斬撃が飛翔してきた先を見る。儀式場の出入り口。そこには地上で妖魔の軍勢と戦っていたはずのシルヴィアがいた。どうやらすべての妖魔を倒しきり、この場に駆けつけたらしい。

しかしさすがに消耗しているのか、シルヴィアが放った飛翔斬撃は普段より格段に威力が落ちていて、死神の体を傷つけることはなかった。

だがそのおかげで、次なる希望に繋がった。

体勢を崩した死神の四肢を、虚空に浮かぶ魔法陣から現れた光の帯が絡め取ったのだ。

セリナが召喚した拘束術具。シルヴィアが作った隙に展開されたそれは、しかし死神の力を封じきることはなく、即座に引き千切られ始めている。

だがそのおかげで――ほんのわずかに死の刃の勢いが弱まった。

「今だよ、アキトッ!!」

二人がたぐり寄せてくれた好機。それを見逃さず、俺は拳を全力で握り締める！

「ッ、らあぁぁぁぁぁあああああ――――ッ!!!!!」

託された願いを繋ぎ止めるため、全身全霊を込めて吼えた。

瞬時に展開される無数無限の魔法陣。大気が震撼し、大地を揺るがすほどの力の衝突。

そうしてその拮抗は、破られた。

赤い極光が、闇色の神を呑み込む。

瞬間。死神の胸元にあった水晶の瞳が、パキンッとひび割れ、砕け散る音を聞いた。

「――――」

この世のものとは思えないほど熾烈な轟音。視界を覆い尽くす閃光。

どれほどの時間が経ったか。

ゆっくりと光が収まり、それと同時に現れた光景に、思わず見入ってしまった。

――空が見えた。夜明けを迎えて、闇を払うように白み始めていた朝焼けの空が。

山岳の大空洞を利用して作られたという地下研究施設。その一つであるこの儀式場の天井と一面の壁が、丸ごと消し飛んでいる。

おそらく俺が放った渾身の一撃が、この儀式場から山の中腹部分に至るまで大穴を開け、吹き飛ばしたのだろう。俺自身ですらどうかと思う常識外れの威力に、その場にいた誰もが目を見張り、息を呑んでいた。

死神の気配は消えている。どうやら倒し切れたらしい。

こみ上げてきた感情に、自然と口元を綻ばせる。

ああ。やっとだ。俺はやっと——、

「やっと、助けることができた」

気づけばそう呟いていた。己が掴んだ未来を嚙み締めるように。

正面に広がる大穴。

そこから一望できる見事な湖が、鮮やかに朝焼けを映し——きらきらと輝いていた。

死神を倒した後、俺は儀式場の壁に寄りかかって座り込んでいるセリナにとことこと歩み寄り、助け起こそうと左手を差し出す。

「大丈夫か、セリナ」

「うん、ありがと……って！」

　手を取って立ち上がったセリナは、俺の右腕を見てはっとした。

「アキト、酷い怪我してる！」

「ああ。これ？　大丈夫だいじょーぶ。これくらい平気だから、そんな気にすんなって」

「……それ、嘘でしょ？」

「うん。本当はむっちゃ痛くて泣きそうだから慰めてほしい」

「もう！　そうやって強がるの、悪いクセだってこの前言ったばかりでしょ！」

　セリナが指先に治癒魔法を宿し、ズタズタになっている俺の右腕に対して振るった。

　ほんわかとした光が俺の右腕に宿り、吸い込まれるように消えていく。うん、これで痛みも大分マシになった。

　そんな俺たちのもとにシルヴィアがやってきて、安堵した様子で話しかけてきた。

「うむ。間に合ったようでよかった」

「地上の妖魔たちは？」

「ああ。途中までは無限に湧いて出てきてキリがなかったのだが、ある時を境にぱったりと姿が消えてな。だからこうして駆けつけたのだ」

　ここに至るまでの経緯をシルヴィアはそう語った。

　大体俺と似たようなもんだ。ここに《エンゲージ・サモン》で呼び出される直前まで影分身と抗戦していたのだが、そいつらは突然消えていなくなったのだ。

おそらくその瞬間、術の使用者であるシヅキさんの身に何かあったのだろう。

……と、そう言えば。

ふと視線を向ける。俺たちから少し離れた場所に、ミツネとクビワが並んで立っていた。彼女らはただただ無言でその場に佇んでいる。

「……」

その様子を察した俺たち三人も、無言でミツネたちに歩み寄り、隣に並ぶ。

二人の視線の先。そこにシヅキさんが仰向けに倒れていた。

目は開いている。どうやら意識はあるようだ。

「……まさか暴走した死神を止めてしまうとは」

ぼんやりと虚空を眺めていたシヅキさんは、俺たち全員が近くにいるのだとわかると、ゆっくりと言葉を紡いだ。まるで憑物が落ちたかのように、その表情は穏やかだった。

「神殺し。そのような偉業を成すなんて……アキトさんは私の想像を遙かに超えた存在になっていらしたのですね」

「……俺一人じゃできなかったよ」

そうだ。あの神を倒し、ミツネやクビワを助け出すのは俺一人じゃできなかった。

「セリナやシルヴィア……みんながいてくれたからできたんだ。俺は最後を決めただけで」

素直にそう返すと、シヅキさんはしばらく押し黙った。

「皆さん、申し訳ありませんでした」

そして次に語られたのは、シヅキさんのそんな言葉だった。

「多くの方々にご迷惑をかけました。身勝手な想いに囚われて一つの命を作り、それを犠牲にさえしようとした……今更どう言い繕っても、その罪は消えません」

シヅキさんのその言葉を聞き、クビワがわずかに目を見開いていた。

「黄泉がえりを終えた後、その罪から逃れるために正体を隠してやってきましたが……それもこうなってしまった今となっては意味なきことです」

「……」

「どのような処罰も甘んじて受けましょう。それがたとえ極刑だとしても」

穏やかだが、同時に覚悟がこもっている言葉。

そのような、己の罪を受け入れるシヅキさんに、俺たちは何て声をかければいいかわからなかった。彼女と長い付き合いであるミツネですら、痛ましそうに眉を顰めて押し黙っている。

「シヅキ様」

その沈黙を破ったのは、他でもないクビワだった。

彼女は一歩前に出て、ゆっくりと息を吸う。

「確かに『我々』は間違いました。それは覆しようのない事実でしょう」

淡々としながらも強い意志をこめて、クビワは言う。

「クビワ……？」

　そんな彼女を、シヅキさんは驚いたように見上げていた。

「過去に死んでしまった者に囚われ、多くの人々にご迷惑をかけてしまいました。過ちを犯していないとは言えないでしょう」

　ですが、とクビワは続ける。

「ですが――その願いの始まりは、ご友人を想ってのことだったはずです」

「っ」

「最初、正体を隠していたのも決して罪から逃れようとしていたわけではない。もしも黄泉がえりが成功したとして、マツリ様とミツネ様が共に暮らす中、罪を犯した我々に後ろめたさを抱かないようにと……お二人の心の平穏に配慮してのことだったはずです」

「それは……」

「ミツネ様とマツリ様を救ってあげたい。そんな想いを百年も抱き続けられる心優しい主だったからこそ、わたくしはシヅキ様に付き従ってきたのです」

　そこまで言って、クビワはもう一歩前に出る。

「わたくしたちが囚われていた過去は、彼らが吹き飛ばしてくれました。だから、新しく始めてみませんか？　今度は過去に囚われるのではなく、これからの未来を見据えて」

　クビワはシヅキさんのすぐ横にしゃがみ、その手を包み込むようにふわりと握った。

シヅキさんが戸惑いの色をその目に宿した。

そんな己の主に、クビワは優しい声音で語りかける。

「もちろんシヅキ様がその気になってくださるならば、わたくしもそれにお供させていただきます……だってわたくしはシヅキ様の『式神』なのですから」

そうしてクビワは柔らかく微笑んだ。

「明日に生きてみましょう、シヅキ様。わたくしとご一緒に」

普段は表情が乏しいクビワが見せた、精一杯の表情。

それを目にしたシヅキさんは目を丸くし、戸惑ったように眉を顰めて――。

けれど最終的には、己の式神の想いに応えるように、たおやかな笑みを浮かべた。

「……もう百年以上も生きた私が、これからの未来ですか」

クビワの手を握りかえしたシヅキさんは、ふと首を動かした。

そうして彼女は大穴の先に広がる空を見た。

「そうですね。そうしてみましょうか」

まるでこれからの日々を夢見るかのように。

長年過去に囚われ続けていた陰陽師の瞳は、長い夜が明けた朝焼けを映していた。

エピローグ　姉妹のこれから

I will have
my 11th reunion
with her.

「――それでは皆さん、この度は本当にありがとうございました」

死神の瞳にまつわる事件から数日後。場所は保安機構本部の裏手に位置する神楽殿。

俺たちはどこにでもあるフツーの異世界に帰還するため、世界を繋ぐ例の扉の前にいた。

見送りに来たシヅキさんに対し、セリナが恐縮したようにパタパタと両手を振る。

「いえ、こちらこそお世話になりました！」

「ああ。別の世界に訪れるという、貴重な体験をさせてもらった。これで私も師であるアキトに一歩近づけただろう」

セリナに続いて、シルヴィアがさっぱりした挨拶を口にする。

と、ミツネが別れの挨拶代わりといった様子で、長年の友人に悪戯っぽく笑いかけた。

「ま、精々のんびり余生を過ごしなさい。保安機構ご意見番の元長官？」

「ふふっ……やはり慣れませんね、その役職名は」

シヅキさんがたおやかに苦笑する。

死神の瞳にまつわる一連の事件を引き起こしたシヅキさんは、その責任を取って保安機構の長官を辞職した。

　重大事件を起こした処罰にしては軽くないかとシヅキさんは気にしていたが、そこはそれ。ちょっとややこしい政治的な理由から、そういうことになった。

　ざっくり説明してしまうと、シヅキさんほどの立場にある者に重い処罰を科してしまえば、その理由も明かさなければならなくなる。

　しかし世界の均衡を守る保安機構、そのトップが世界の平和を揺るがしかねない秘宝を用いて事件を起こしていたなどと安易に知られてしまえば、それこそ世間が混乱してしまう。

　つまりシヅキさんに落とし前をつけさせるより、世界の均衡を優先したのだ。

　その結果、今回の事の顛末は一部の者を除いて隠蔽し、シヅキさんは長官職を辞職。しかし組織的に彼女の能力を失うわけにはいかず、ご意見番という形でこれからも保安機構に貢献してもらう、といった事後処理に落ち着いたのであった。

　ま、いくら事件の主犯格とはいえ、事情を知っている身としては、シヅキさんに重い処罰が下されるのは寝覚めが悪かったので、これはこれでよかったと俺は思っている……そのせいで俺の右腕は今も包帯ぐるぐる巻きになってるから、そこはちょっと恨んでるけど。

「本当にこれでよろしいのでしょうか」

「ん、何が？」

ふと申し訳なさそうに呟くシヅキさんに、俺が問い返す。

「私は多くの方々にご迷惑をおかけしたというのに、ご意見番として保安機構に残ってしまうのは、その……何も知らない部下たちを騙している気がしてしまって」

「いや？　みんな知ってるんじゃないかな？」

俺の言葉に、シヅキさんはきょとんとした顔になった。

「もちろん説明したわけじゃないから、すべてを把握してるってことじゃないだろうけど。それでもあの感じは、何となくは察してると思う」

「……そうなのでしょうか」

「ああ。察していながら、シヅキさんには残ってほしいって言ってんだよ。だからそう暗い顔するもんじゃない」

「……はい。そうですね。もしそうだとするなら、とてもありがたいことです」

シヅキさんが困ったように笑う。戸惑いはあるものの、皆の気遣いに心から感謝している。そんな顔だ。内心では複雑かもしれないが……ま、そこらへんの心の整理は時間が何とかしてくれるだろう。

「そんで、クビワはまだ眠ってる？」

「……はい」

シヅキさんが申し訳なさそうに頷く。

「医師の話では命に別状はないとのことです。ただ精神的にも肉体的にも極度に消耗しているようで……残念ながら見送りには来られないかと」

あの研究施設から保安機構の本部に帰ってきた後、クビワは深い眠りについた。

ミツネの話だと、彼女は死神の隙を突いて一瞬だけマツリの黄泉がえりを行い、これを成功させたのだという。そんな無茶をした影響か、クビワはこの数日一度も目を覚まさなかった。

命に別状はないとのことだったが……誰よりもシヅキさんがその容態を心配していた。無理もない。何せ今のクビワの状態は、シヅキさんが引き起こしたようなもの。少なくとも彼女自身はそう思い、強い責任感を抱いている。

それがわかっているからこそ、俺はあえて明るく笑いながら肩を竦める。

「そっか。ま、帰る前に一言挨拶しときたかったが、それなら仕方ねーか」

「そうだね。ちょっと寂しいけど、安静第一だし」

「…………」

俺とセリナがそんな話をしている横で、ミツネがどこか難しい顔で押し黙っていた。

その目は、自分の手に握っている『紙袋』に向けられている。

ミツネの様子に気づき、俺はその紙袋を指差しながら、

「それ、渡さなくていいのか？」

「え？　な、何がよ」

「別に直接じゃなくても、シヅキさんに渡してくれって頼めばいいんじゃねーの？」

「は、はあ？　何それ。別にあの子にあげるために買ったわけじゃないわよ。これは、えっと……そう！　あっちに帰ってから自分で食べる用に買った、いわばお土産で――」

ミツネが急に言い訳がましく捲し立て始める。こいつ……とことん素直じゃないな。

「――皆様」

その時だ。聞き慣れた声がした。

見ると、本部に繋がっている階段の方から、一人の人物が駆け上ってきていた。

クビワだ。病み上がりであるはずなのに結構な早足でやってきた彼女は、俺たちの前で立ち止まると膝に手をつき、足下に視線を落として呼吸を整える。

そうやって現れた彼女に、誰よりもシヅキさんが目を丸くしていた。

「クビワ？　体は大丈夫なのですか？」

「はい……申し訳ありません、お見送りに遅れてしまって……」

「いえ、それはよいのですが……」

その身を心配するシヅキさんにクビワはそう答えた後、しばらく呼吸を整える。

それから顔を上げた彼女に、俺たちは驚愕せざるをえなかった。

あの事件以降、寝たきりだったため見ることがなかったクビワの顔。

そんな彼女の瞳が本来の赤ではなく――その右側だけ、蒼色に変わっていたのだ。

左右で赤と蒼のオッドアイ。

「クビワ……貴女、その目は……？」

そのように変化しているクビワの双眸を、ミツネが動揺しながら指差す。

するとクビワは右目に軽く手を添えながら、静かに頷いた。

「はい。どうもマツリ様はあのまま成仏されるのが癪だったらしく、その魂をほんの少しだけわたくしの中に残していらっしゃったようなのです」

驚愕している俺たちなど気にも留めず、クビワは事務的に説明を終える。

「よくわかりませんが、この目はその証なのだとか」

「……よくわからない？」

「はい。わたくしの中のマツリ様がそう仰っているだけなので、わたくしも詳しいことは把握できておりません」

仮にも死人の魂がクビワの体に残り、共存している。しかもどうやらクビワとの意思疎通ができているらしい。そのあまりにも荒唐無稽な事態に、俺たちは呆然とするしかなかった。

「――ふっ。あの子らしいわ」

そんな中で、ミツネだけが真っ先にその荒唐無稽さを笑った。

「そう言えばあの子、ちゃっかりした顔でいっつもとんでもない無茶苦茶をするんだった」

「ああ、確かにそうだった。すっかり忘れてた」

「ええ。しかもその無茶苦茶に私たちが付き合わされるのですよね」

ミツネのぼやきに俺とシヅキさんが続き、そして誰からともなく笑い出した。

「そんじゃ、クビワにも会えたし。そろそろ行くか」

ひとしきり笑った後、俺はそう切り出す。

帰る前にクビワの顔も見られたし、マツリの顚末も聞けた。もうやり残したことはない。

「……」

するとクビワが無表情ながらも、どこか寂しさをその顔に宿す。

それに気づいたシヅキさんが、彼女に声をかけた。

「クビワ。もしよかったら、皆さんについていっても……」

「──いいえ、その必要はありません」

クビワは静かに首を振った。

「わたくしはシヅキ様の式神。これからの新たに始める日々をご一緒するのがわたくしの望みであり、願いでございます」

「クビワ……」

「それに、これが今生の別れではありません。その気になればいつでも会いに行けます」

そう言って、クビワは俺たちの背後を見やった。

俺たちをこの世界に喚び入れた扉。それは俺ではなくミツネをメインで召喚したからこそ、いつでも互いの世界を行き来できるようになっている。

　確かに俺たちの日々はこれからも繋がっている。ならばわざわざ別れを惜しむ必要はない。

「そうですね……ありがとう、クビワ」

　クビワがそう言いたいのだと察したのだろう。シヅキさんがたおやかに微笑んだ。

　そんな彼女に釣られて、セリナとシルヴィアも笑顔を浮かべ、クビワに手を振った。

「またねクビワ、いつでも遊びに来てね」

「こちらの世界に来ることがあったら、私が案内しよう。これでも勇者として各地を旅しているからな」

「はい。近いうちにお邪魔させていただきます」

「皆さん、本当にありがとうございました」

　クビワとシヅキさんの言葉と共に、俺たちは扉に向けて歩き出す。

「ミツネ様」

　と、最後にクビワがミツネに呼びかける。

「？　どうしたの？」

　ミツネが振り返ると、クビワはどこか決心したように言う。

「いつぞやの返答をしておきたいのです」

「返答？」

「はい。妹分ならば遅くない、というお誘いへの返答でございます」

「……ぁ」

何かを思い出した様子のミツネに、クビワは軽く頭を下げた。

「なにぶん妹としてまだまだ未熟者で、至らない点も多いかと思いますが――これからよろしくお願いします」

「うっ……い、妹分になるってだけで、わざわざそんなお堅い挨拶をしなくても……むぅ」

顔を上げたクビワに真っ直ぐに見つめられて、ミツネは言葉に詰まっていた。照れとか気まずさとか、それ以上の嬉しさとか。そういうのが全部入り交じったような複雑な表情で。

「……これ、あげるわ」

最終的にミツネはそっぽを向きながら、その手の『紙袋』をクビワに押しつけた。

「これは?」

「いいから。姉からのプレゼントよ、受け取っておきなさい」

クビワは首を傾げながら、素直に受け取った紙袋の中身を見る。

そして中に入っている『それ』を見て、目を丸くした。

「ミルクプリン、い、ですか?」

「……ええ。抹茶プリンは売り切れだったの。悪いけどそれで我慢して」

ぶっきらぼうなミツネの言葉に、クビワはプリンを手にしたまま目を瞬かせた後――嬉しそ

うに微笑んだ。

「いいえ。ありがたくいただきます。わたくしはミルクプリンも好んで食べますので」

「ふっ、何それ。結局どっちも好きなんじゃないの」

そっぽを向きながら、ミツネのほうも満更でもなさそうに口元を綻ばせる。

そんな彼女らの様子を振り返って見ていたセリナが、俺に話しかけてくる。

「ふふ。本当の姉妹みたいだね」

「――ああ、そうだな」

セリナの言葉に、俺は心の底から頷くことができた。

その時だ。ミツネが何かを思い出したように切り出した。

「そう言えばあの研究施設から帰ってきたのに、まだ大切なことを言ってなかったわね」

「？　大切なことでございますか」

首を傾げるクビワに、ミツネは「ええ」と頷いてから、静かに口を開く。


そうして彼女は告げた。

まるで長年伝えることができなかったその言葉を、目の前にいる二人の妹に送るように。

「おかえり」

ただの妹想いな姉として、晴れやかな微笑みを浮かべながら――。

あとがき

どうもこんにちは、菊池九五（きくちきゅうご）です。

この度（たび）は『召喚されすぎた最強勇者の再召喚（リユニオン）2』を手に取っていただき、まことにありがとうございます。

ええ、そうです。ご聡明な皆さんならすでにお気づきでしょう。

タイトルの末尾についている『2』というアラビア数字に。

そのとおり。なんと二巻でございます。

大変ありがたいことに前巻が好評だったらしく、こうして続編と相成（あいな）りました。

せっかくですし、あとがきを先に見る方々に向けて本作の見所などをお伝えしましょう。

本作の一番の見所。

それが何かと申しますれば——

水着が出ます。

ええ、入れさせていただきましたとも。

ヒロインたちの水着シーンをね！

それはもう必死に頑張りました。

すべてはカグユヅさんが描くヒロインたちの水着姿を、私自身が見たいため！

……失礼。読者サービスのためです。ええ。読者の皆さんのために必死でした。

どれくらい必死だったかというと、担当さんに「何か希望されるイラストはありますか？」的なことを問われた際に「水着を」と心の底から答えたくらい必死でした。

皆さんを思ってのことです、はい。滅私奉公（めっしほうこう）でございます。決して私利私欲（しりしよく）のために水着シーンなんか書いていません……本当ですよ？

さて、ちょこっと真面目（まじめ）に本作の紹介など。

今回はミツネがメインの物語となっております。

テーマを強（し）いて言うなら『家族愛』でしょうか。一巻のテーマが『恋』だったので、そのへんの雰囲気（ふんいき）の違いも楽しんでいただくのも一興（いっきょう）かと。

かつては世界最強とまで言われた吸血鬼なんだけど、今やメインヒロインの家でペット扱いまでされながら同居しているポンコツヒロイン。しかし長年生きているだけあって、アキトとセリナを思わせぶりに導くこともある世話焼きロリお姉さん。

そんなミツネの魅力を、今回のお話を通して少しでもお伝えできていれば幸いです。

んー、まだあとがきのスペースが少し余っていますね。

ではちょっとした裏話を。

実は今回の物語は、一巻の原稿を書き終わった時点ですでにぼんやりと考えていました。

しかしそれを世間に発表できるかどうかは別のお話。当たり前ですが、その時点では続刊が出るかわからなかったからです。

生々しい話になってしまいますが、シリーズが続くかどうかはどうしても一巻の売上が関わってきてしまいますので。

もしかしたら誰にも知られることなく終わっていたミツネの物語。

それをこうして皆さんのもとへお届けできたことはとても感慨深く、本当に嬉しく思っております。


それではこの場を借りて謝辞などを。

イラストレーターのカグユヅさん。前巻に引き続き物語を美麗なイラストで彩っていただきまことにありがとうございます。先ほど話題にした素敵な水着もさることながら、今回登場する新キャラたちの和装デザインも雅やかなものばかりで感動しております。

この度もお世話になりっぱなしの担当編集さん。お忙しいスケジュールの中、いつもありがとうございます。今後もよりよい作品を作れるように精進（しょうじん）していきますので、これからもよろしくお願いします。

そして読者の皆々様。

先にも触れましたが、アキトたちの活躍をこうしてまたお届けできるのは皆さんが一巻を手に取ってくれたからこそです。作者として最大限の感謝を。

本当にありがとうございました。

それではまた何かの機会にお会いできれば。

菊池　九五

ダッシュエックス文庫

召喚されすぎた最強勇者の再召喚（リユニオン） 2

菊池九五

2018年3月28日　第1刷発行

★定価はカバーに表示してあります

発行者　鈴木晴彦
発行所　株式会社　集英社
〒101−8050　東京都千代田区一ツ橋2−5−10
03（3230）6229（編集）
03（3230）6393（販売／書店専用）03（3230）6080（読者係）
印刷所　大日本印刷株式会社
編集協力　法貴仁敬（RCE）

ISBN978-4-08-631237-0 C0193

ダッシュエックス文庫

若者の黒魔法離れが深刻ですが、就職してみたら待遇いいし、社長も使い魔もかわいくて最高です！
森田季節
イラスト／47AgDragon（しるばーどらごん）

若者の黒魔法離れが深刻ですが、就職してみたら待遇いいし、社長も使い魔もかわいくて最高です！２
森田季節
イラスト／47AgDragon（しるばーどらごん）

若者の黒魔法離れが深刻ですが、就職してみたら待遇いいし、社長も使い魔もかわいくて最高です！３
森田季節
イラスト／47AgDragon（しるばーどらごん）

俺の家が魔力スポットだった件
～住んでいるだけで世界最強～
あまうい白一
イラスト／鍋島テツヒロ

やっとの思いで決まった就職先は、悪評高い黒魔法の会社！　でも実際はホワイトすぎる環境で、ゆるく楽しい社会人生活が始まる！

使い魔のお見合い騒動があったり、もらった領地が超過疎地だったり…。事件続発でも、黒魔法会社での日々はみんな笑顔で超快適！

地方暮らしの同期が研修に!?　アンデッドをこき使うブラック企業に物申す！　悪徳スカウト撲滅など白くて楽しいお仕事コメディ！

強力な魔力スポットである自宅ごと召喚された俺。長年住み続けたせいで異常に貯め込んだ魔力で、我が家を狙う不届き者を撃退だ！

ダッシュエックス文庫

俺の家が魔力スポットだった件2
~住んでいるだけで世界最強~
あまうい白一
イラスト/鍋島テツヒロ

俺の家が魔力スポットだった件3
~住んでいるだけで世界最強~
あまうい白一
イラスト/鍋島テツヒロ

俺の家が魔力スポットだった件4
~住んでいるだけで世界最強~
あまうい白一
イラスト/鍋島テツヒロ

俺の家が魔力スポットだった件5
~住んでいるだけで世界最強~
あまうい白一
イラスト/鍋島テツヒロ

増築しすぎた家をリフォームしたり、幼女竜と杖を作ったり楽しく過ごしていた俺。それを邪魔する不届き者は無限の魔力で迎撃だ!

黒金の竜王アンネが隣人となり、異世界マイホーム生活は賑やかに。でも、戦闘ウサギに新たな竜王の登場で、まだまだ波乱は続く!?

今度は国を守護する四大精霊が逃げ出した!!強い魔力に引き寄せられるという精霊たちは、当然ながらダイチの前に現れるのだが…?

盛大なプロシアの祭りも終わったある日のこと。今度は謎の歌姫が騒動を巻き起こす…!?異世界マイホームライフ安心安定の第5巻!

ダッシュエックス文庫

隠岐島千景の大いなる野望
高校生たちが銀行を作り、学校を買収するようです。
須崎正太郎
イラスト／一葉モカ

異世界君主生活
～読書しているだけで国家繁栄～
須崎正太郎
イラスト／狐印

その10文字を、僕は忘れない
持崎湯葉
イラスト／はねこと

MONUMENT
あるいは自分自身の怪物
滝川廉治
イラスト／鍋島テツヒロ

高校生が学校買収!? 理不尽な退学を覆すべく完全無欠のド天然ガールが前代未聞の学校買収に乗り出す！ さぁリベンジの時間だ！

読書好きの直人は、財政難の国を救う王となるために神官セリカから異世界に召喚された。本で読んだ日本の技術と文化で再興に挑む！

心に傷を負い声を失った少女と無気力な少年。どしゃぶりの雨の中の出会いは、切ない恋のはじまりだった。いちばん泣ける純愛物語!!

孤独な少年工作員ボリスの任務は、1億人に1人の魔法資質を持つ少女の護衛。古代魔法文明の遺跡をめぐる戦いの幕が今、上がる!!

ダッシュエックス文庫

最強の種族が人間だった件1 エルフ嫁と始める異世界スローライフ
柑橘ゆすら
イラスト／夜ノみつき

最強の種族が人間だった件2 熊耳少女に迫られています
柑橘ゆすら
イラスト／夜ノみつき

最強の種族が人間だった件3 ロリ吸血鬼とのイチャラブ同居生活
柑橘ゆすら
イラスト／夜ノみつき

最強の種族が人間だった件4 エルフ嫁と始める新婚ライフ
柑橘ゆすら
イラスト／夜ノみつき

目覚めるとそこは"人間"が最強の力を持ち、崇められる世界！　平凡なサラリーマンがエルフ嫁と一緒に、まったり自由にアジト造り！

エルフや熊人族の美少女たちと気ままにスローライフをおくる俺。だが最強種族「人間」の力を狙う奴らが、新たな刺客を放ってきた！

新しい仲間の美幼女吸血鬼と仲良くし、エルフ嫁との冒険を満喫していた葉司だが、ついに王都から人間討伐の軍隊が派遣されて…!?

宿敵グレイスの計略によって、かつて全人類を滅ぼした古代兵器ラグナロクが復活した。最強種族は古代兵器にどう立ち向かうのか!?